Science?

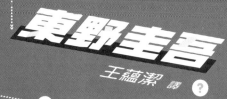

科学?

さいえんす?

Higashino Keigo

東野圭吾

王蘊潔 譯

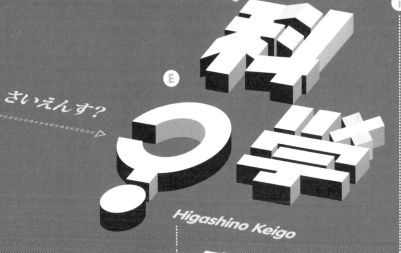

科学?

さいえんす?

Science?
Concents

偽交流的陷阱（1）

我想瞭解別人對某件事的意見或看法時，經常會看網路論壇。比方說，我目前最關心的事就是滑雪場到底什麼時候會下雪、積雪，只要去看相關論壇，就可以知道其他滑雪客如何面對這種積雪不足的情況。結論就是「大家都很傷腦筋」，雖然如果要問我，知道這種理所當然的事有什麼用，我也不知道該回答什麼，但反正坐在電腦前，就可以即時瞭解別人的想法這件事很神奇。

但是，那個網路論壇上的留言內容並非都是「我好不容易買了新的滑雪板，但北海道今年也沒下什麼雪，好煩喔」這種令人莞爾的內容，充滿惡意，甚至可說是誹謗中傷的留言也比比皆是。演藝圈或運動相關網路論壇的這種現象最嚴重，有不少內容我覺得如果藝人或是運動選手本人看到，不僅會心情惡劣，搞不好會勃然大怒。寫這種留言的人十之八九都是慣犯，他們在各個網路論壇內使用不同的暱稱到處撒野。

我現在都只看不留言，將近十年前，曾經加入某推理劇的影迷成立的論壇。每一集播完之後，大家都在論壇上討論今天的劇情是不是精彩，那個詭計有點不合理之類的感想。起初很有趣，但我很快就退出了。因為有人為一些和推理劇無關的事激烈辯論。即使不是當事人，看了那些充滿攻擊的言論也很不舒服。

網路交流的特徵，就是無法瞭解彼此的真實身分和名字。從網路成立之初，就一直有人討論這個弊害，但至今仍然缺乏有效的對策，基本上只能靠每個人發揮常識和良心。要如何培養這種「常識和良心」呢？

很多人說，網路豐富了個人和世界交流的方法。我們的確可以從網路上獲得各種資訊，每個人也可以向世界傳達各種訊息，但在網路世界交流的都是電子訊息，彼此交換電子訊息，真的是溝通交流嗎？這種方式的交流，有助於培養待人接物時所需要的「常識和良心」嗎？

統計顯示，交友網站的男女人口比例是九比一，也就是說，十之八九都是男人，「交友」根本無法成立，當然也就失去了加入的意義。但如此一來，男性會員也會退出，於是網站就會僱用工讀生，就好像以前婚友社的相親都會僱用槍手參加一樣。交友網站和相親不同，不需要露臉，所以假帳號的主人不需要是美女，不，甚至根本不需要是女性。

『我是從外地剛來東京不久的十九歲專科學校學生，希望有人告訴我東京有什麼好玩的地方。希望認識傑尼斯系的帥帥男生，即使是大叔，只要帥帥就ＯＫ。』

現實生活中，寫這種內容的人本身可能就是大叔。之前曾經發生過一起事件，有一個男人雖然不是工讀生，為了接近女高中生，謊稱自己是女性加入交友網站，發現對方也是男人後大發雷霆，還恐嚇對方。

老實說，我無法理解竟然有人對陌生人傳來的訊息照單全收這種事，為什麼沒有意識到手機和電腦雖然不會說謊，但使用手機、電腦的人很可能會說謊呢？

我知道有人會提出質疑，「雖然你這麼說，但不是真的有人在交友網站認識嗎？」其實我都是在發生事件時聽到「他們當初在交友網站認識」這句話，沒有一次例外。事實上，交友網站相關的刑案爆增，我認為主要原因是缺乏和真人交流的訓練造成的後果。

心理學上有一個名詞稱為「個人空間」，是指一個人在心理上感到舒適的狀態時必須佔有的空間。當他人進入這個範圍，就會產生緊張。男人和女人的個人空間大小完全不同。男人的個人空間為一公尺到兩公尺，女人的個人空間只有數十公分。這代表了一件事，只要別人稍微靠近，男人就會意識到對方，但女人比較不在意。據說黑道和混混走路時故意大搖大擺，就是不讓別人進入個人空間。

在派對會場，當女人靠近男人時，男人就會過度在意，會覺得既然那個女人來到自己身旁，是不是有特別的用意（＝是不是對自己有意思），但女人當然完全沒有這種想法。應該說，女人根本沒有意識到自己靠近男人。男人和女人的個人空間大小差異，會導致這種認知落差。大部分男人都有這種情況，相信有不少男性讀者有過這種出糗的經驗。我也不例外，但在有過幾次經驗之後，就能夠慢慢把握和女人之間的距離感。

重要的是，如果不是和活生生的女人接觸，就無法學到這種事。透過電腦和手機交往的世界，根本不存在「個人空間」這個概念。

如果抓不到和他人之間的距離感，會造成怎樣的後果？

假設有一個抓不到和他人之間距離感的男人坐在電車上，這時，一個年輕漂亮的女生上車，坐在他旁邊。他們兩個人當然素不相識，但這時男人內心其實已經冒出了誤會的嫩芽。他努力想要在年輕女生坐在自己旁邊這件事上尋找更深入的意義。不一會兒，那個女生打起了瞌睡，身體不小心碰到他。於是，他就開始胡思亂想，認定女生喜歡自己。彼此完全不認識這個事實根本無法發揮作用，因為他自己愛上了素不相識的女生，所以深信女生也可能愛上素不相識的他。

於是，他就開始對女生死纏爛打，也就是變成跟蹤狂。那個女生覺得很莫名其妙，為什麼自己只是在電車上稍微碰到對方的身體，對方就對自己糾纏不清。

這並不是誇張，有許多女性因為同樣的情況遭到跟蹤狂糾纏。

只是搭電車剛好坐在旁邊，就可能招致這種危險，更何況如果曾經在交友網站認識，多少聊過幾句（雖然是用電子郵件），一旦見了面，男性很可能會出現完全無視距離感的言行。而且，女性也可能缺乏察覺危險的能力，結果就可能發展為悲劇事件。

在人類社會中，和真人交流溝通是不可或缺的訓練，但觀察周圍時，會驚訝地發現這種機會已經所剩無幾，令人忍不住愕然。

創造出這種社會的不是別人，正是我們這些大人。

受限於篇幅關係，下一次將繼續這個主題。

（《鑽石ＬＯＯＰ》〇四年二月號）

偽交流的陷阱（2）

也許有不少人聽過ＭＨＣ這個名稱，因為之前電視上也曾經介紹過，翻譯成日文就是主要組織相容性複合體，是製造白血球等蛋白質的基因複合體，ＭＨＣ有數萬種，甚至更多，幾乎可以說，每個人的ＭＨＣ類型都不相同。

雖說不相同，但有些很相似，有些則完全不一樣。重點就在於這種類似性，據說人會被和自己的ＭＨＣ類型完全不同的異性吸引，也就是我們常說的「在生理上喜歡」一個人。為什麼會這樣？因為ＭＨＣ類型不同時，對抗疾病的免疫力不同，和自己不同類型的對象結合，子孫的免疫力更豐富多樣化。也就是說，這是留下優秀子孫的本能使然。因為這個原因，所以ＭＨＣ有時候也被稱為戀愛基因。雖然目前還無法瞭解詳細情況，但據說我們是靠「氣味」嗅出ＭＨＣ。

當然，要建立戀愛關係應該與更複雜的心理因素有關，但如果包含了本能相互渴求的要素在內，當然就不容忽視ＭＨＣ的存在。想要尋找另一半的人應該經常和異性接觸，嗅聞ＭＨＣ。當然，所謂「嗅聞」並非嗅聞「氣味」，據說好像並不會發現「喔，這個人和我的ＭＨＣ不一樣」，所以還是和之前一樣，只能靠自己的直覺去感受。

不光是戀愛，在日常生活中，我們也經常會在生理上，或是本能地覺得「啊，我應該和這個人很合」，或是「我應該不會喜歡這個人」。即使明知道對方不是壞人，但自己就是沒辦法接受。我相信很多讀者應該也有類似的經驗。

也就是說，即使是初次見面，也未必是從零開始。如果第一印象是正面印象當然很幸運，但有時候經常第一印象就已經是負面印象，即使認為這很不公平、不合理也無濟於事。而且，如果排斥負面印象的對象，就無法建立正常的人際關係。即使是負面印象，只要雙方努力改善就好，關鍵在於必須在應對時，視對方的狀況隨機應變。

如何才能培養這種應對能力？在上一篇談到個人空間的例子時也曾經提到，唯一的方法就是和真人打交道。只能在和許多人交流的過程中，從失敗中學習。失敗總是伴隨著痛苦，但正因為這樣，才能夠學習。

以前，日常生活中無法避免這種失敗和痛苦。因為我們在生活中不可能不和他人產生交集，但是，人類開始摸索如何才能避免失敗和痛苦。於是覺得寫信也許是一種方法。原本寫信是為了讓相隔兩地的人彼此交流所建立的通信手段，但當面難以啟齒的內容，用寫信的方式的確比較容易表達。但是寫信需要花心思和勞力，如果不是掌握溝通術的人，很難藉由寫信的方式達到目的，同時也有無法即時傳達意圖，無法瞭解對方反應的缺點。

從這個角度來說，電話可說是劃時代的工具。和寫信相比，打電話需要耗費的勞力大為減少，而且不需要為了簡潔傳達意圖而苦思文章內容。說完該說的話之後，只要掛上電話，就可以結束和對方的聯繫。

然而，想要珍惜人際關係，在打電話時也要注意很多問題。打電話的時機、用字遣詞、讓想要找的人接電話的技術、說出目的的方法、結束話題的方法——該注意的事項不勝枚舉。公司之所以會訓練新進員工如何接電話，就是因為電話應對失當造成失敗的危險性很高。

傳真機的出現，大大消除了電話「必須在意對方狀況」的宿命。隨時可以將傳真傳給對方，不需要客套寒暄，只要傳達重點。缺點就是無法馬上得到對方的回答，這一點和寫信相同。

於是就出現了手機和電子郵件。手機和電子郵件大大減少了在和他人交流時可能會引發的失敗和痛苦。

比方說，打手機時不需要考慮對方在哪裡，而且也不需要發揮讓想要找的人接電話的技術。在我年輕的時候，打電話到班上喜歡的女生家裡時都很緊張。如果剛好是本人接電話就沒問題，但萬一是對方家人，尤其是父親接起電話該怎麼辦？每次打電話時都帶著這種不安。如果不幸剛好在電話中聽到像是對方父親的聲音時，就得使出渾身解數，努力讓對方留下好印象。現在的年輕人根本不需要受這種精神折磨。

手機的另一個特徵，就是可以保留模糊的空間。比方約地點見面時，只要說「那就兩點在澀谷車站見，到了再打電話聯絡」就解決了。以前約在人多的地方見面時，一定要事先決定地點和標記，現在通常都是「到時候視實際狀況再說」。說得好聽點，是能夠隨機應變，但反過來也可以說太依賴手機，缺乏事先規畫的能力。

但是，手機也有必須馬上和對方交談的缺點，電子郵件就解決了這個煩惱，可以隨時隨地把自己想要傳達的事告訴對方。只要妥善運用手機和電子郵件，就可以不必在意對方的狀況，視自己的狀況和需求和對方交流各種資訊。

和真人交流時可能會受到傷害，人隨時都有想要避免這種傷害的需求，能夠解決這種需求的商品當然能夠暢銷，但是，如果不需要在意對方的狀況，這種行為是否已經無法稱為交流？因為無論重複再多次，也無法練習和他人的相處之道。

雖然電玩遊戲稍微有走下坡的趨勢，但仍然很受歡迎。除了好玩以外，不需要和真人競爭的輕鬆感覺更是原因之一。最好的證明，就是許多小孩子即使和朋友一起玩電玩遊戲，也不是玩相同的遊戲相互競爭，而是在電腦前分別玩不同的遊戲，也許是想要避免輸贏帶來的尷尬氣氛造就了這種現象。

當這種小孩長大成人之後，是否能夠建立健全的人際關係？他們能夠在人生這場遊戲中生存嗎？現實生活和電腦不一樣，有人會招搖撞騙，有人輸了會翻臉。

手機和網路的確很方便，但必須在和真人建立交流溝通的基礎上，作為輔助使用的工具，絕對不要用「新的交流方式」來形容手機和網路。

（《鑽石ＬＯＯＰ》〇四年三月號）

科學技術改變了推理小說嗎？

原本打算寫「科學技術的進步如何改變了文學」這個題目，但後來覺得太難寫了，所以決定把「文學」改成「推理」。仔細想了一下之後發現，我成為作家十七年，幾乎從來沒有思考過「文學」，雖然曾經提過類似的文字，但不瞞各位，其實我不太瞭解「文學」這兩個字真正的意思。

科學技術的進步如何改變了推理？無庸置疑，絕對帶來了巨大的改變。最典型的就是手機的普及。

比方說，在一個鳥不生蛋的荒郊野外發現了一具男性屍體。屍體的後腦勺有遭到重擊的痕跡，死因是因為重擊造成內出血。目前並不知道是否他殺。但警方在偵查之後發現，死去的這名男性在被發現的大約十分鐘前曾經打過電話。他打給他的太太，他太太說，的確是她先生的聲音。但是，發現屍體的地點離最近的電話至少要一個小時的路程，他到底用什麼方式打電話給太太？

以前的推理小說，光是這樣就可以作為吸引讀者的謎團。刑警或是偵探會試著想出各種情況解釋這個乍看之下不可能的狀況。

但現在呢？我可以斷言，幾乎沒有讀者會認為這種狀況匪夷所思。負責偵查這起案子的刑警會毫不猶豫地尋找手機的下落，如果劇情不是這樣發展，讀者也無法接受。如果沒有找到手機，刑警（還有讀者）都會認為是被第三者帶走了，其中完全沒有任何無法解釋的狀況。

我剛才舉了簡單的例子，無論以前還是現在，很多推理小說都使用電話的詭計，但隨著手機的出現，大部分詭計都失去了意義。當然，這並不意味著作品的價值降低了，但是當目前的讀者閱讀使用了這種詭計的小說時，必須考慮到小說創作的年代。

照相機也有同樣的情況。和電話一樣，許多推理小說都使用了照片的詭計，但都是使用了傳統型的相機，也就是使用底片的相機。最典型的例子，就是被視為嫌犯的人拿出一張自己在遠離命案現場時的照片，主張自己有不在場證明。照片上有正確的日期和時間，只要相信這張照片，就認為那個人不可能犯案。偵探認為其中有什麼詭計，於是絞盡腦汁拆穿嫌犯的詭計。

但是，隨著數位相機的普及，今後即使想到這樣的詭計，可能也無法用於小說。傳統的底片相機應該不會完全消失，但當數位相機成為大家平時使用的相機時，讀者可能難以接受使用照片作為不在場證明這件事。如今，電腦後製技術不斷進步，首先會質疑數位照片是否具有證據能力。如果是用底片相機拍出來的照片當然沒有問題，但一旦讀者質疑「現在還有一般民眾會使用這種相機嗎？」就完蛋了，作品會失去真實性。

並非只有電話、相機這種小東西對推理小說產生了影響，比方說，交通工具的發達也是推理小說難以忽略的事。

假設要從A地到B地，無論再怎麼有效轉搭電車，都要五個多小時。有一個作家想出了令人眼睛為之一亮的詭計，只要運用這個詭計，就可以製造出在A地殺害被害人的凶手在四小時後出現在B地的狀況。作家樂不可支地開始寫這部小說，在敲鍵盤（或是用鋼筆在稿紙上奮筆疾書）時，忍不住興奮地認為，這本書一定會讓讀者跌破眼鏡。但是，就在即將完成之際，聽到了一個震撼的消息，有一條新路線開通，A地到B地單程只要三個小時。作家看到這個消息，只能含淚放棄已經寫好的稿子。

科學技術的進步並非只對推理小說的詭計產生影響，相較之下，對詭計所產生的影響並不算大，對劇情的發展產生的影響才可說是重大。

推理小說和普通小說不同，對小說中人物的舉手投足都或多或少有某些算計，有時候作家為了讓故事情節更有趣生動、更刺激驚險，會讓角色發生意想不到的狀況。比如說，和重要的人物擦身而過，或是讓角色陷入無法和他人聯絡的狀況。但是，隨著手機的出現，這樣的設計就變得很麻煩。如今幾乎不可能發生搞錯約定地點而沒有見到該見的人這種情況，所以首先要製造角色沒有手機或是有手機，但沒有帶在身上的狀況，或是設定角色位在手機收不到訊號的地方。問題是手機的普及率持續上升，不帶手機出門的狀況越來越不自然，收不到訊號的區域也越來越小。

不久之前，在參加一場派對時，一位作家也很煩惱地說：

「我想讓一個剛從國外回來的人，在機場時暫時不和情人說話，但是那個情人有手機，所以很頭痛，我必須設計電話打不通的狀況。」

科學技術的進步是否讓寫推理小說的難度變高了？其實未必，而且情況相反，我認為利大於弊。

網路的普及創造出許多以前無法想像的新型犯罪。雖然對整個社會來說，這是一件傷腦筋的事，但對經常描寫犯罪的推理小說作家來說，簡直就像是發現了新的礦脈。比方說，以前會覺得兩個素不相識的人在某一天突然變得很親密的狀況很不自然，但隨著交友網站的出現，很容易創造出這樣的狀況。

手機和數位相機的普及，也有助於創造新的詭計。交通工具的發達已經對擴大舞台規模這一點有了巨大的貢獻。

但是，作家不能只是模仿使用了新工具的新型犯罪，當發現或創造出某些新的技術時，必須比真正的罪犯更加認真思考，這些新技術會讓犯罪產生怎樣的變化，會衍生出哪些新型的犯罪。如果能夠讓警方產生警惕，認為如果有人模仿小說犯罪，會造成嚴重後果，就可以為預防犯罪做出貢獻。

只不過作家很少能夠超越現實，在小說中預見新的犯罪手法，通常都和警察一樣，在犯罪發生之後，才發現「原來還有這種手法」。以前誰會想到竟然有人會用怪手破壞自動提款機這種事？

之前在看電視新聞報導時，我突然閃過一個政治不正確的念頭，如果這些能夠想出新型犯罪的傢伙來寫小說，一定很有意思。

（《鑽石ＬＯＯＰ》〇三年四月號）

工具的變遷與創作方式

我在一九八五年踏入文壇，一晃眼，已經十八年了。我持續投稿參加江戶川亂步賞這個推理小說的登龍門，在第三次終於如願得獎。

回顧當時的投稿規定，發現上面寫了以下的內容。

・頁數　三百五十頁至五百五十頁

・文稿裝訂方式　每頁對折後裝訂成三冊

目前的投稿規定如下：

・頁數　四百字稿紙三百五十頁到五百五十頁。如使用Word，必須設定為每頁二十至四十行，每行三十字，並列印在A4沒有格子的紙上

・文稿裝訂方式　必須註明頁碼，右上側裝訂

比較之後就可以清楚發現，目前以寄 Word 檔為前提。十八年前，市面上已經有賣文書處理機，也許當時就已經有人用這種方式投稿，但絕對是少數派。我在投稿時代都是用手寫稿，直到得了亂步賞之後，才開始用文書處理機寫作，得獎後的第一篇短篇小說就是用文書處理機寫的。

我對從手寫改成用文字處理機完全沒有任何排斥。其中有好幾個原因，首先，我寫稿的方式已經傾向文字處理機的方式。我當時是工程師，帶了大量電腦列印的回收紙回家，在背面寫小說草稿。想要改變文章的架構時，就會用剪刀把那部分剪下來，然後貼在其他地方，也就是「剪下和貼上」。使用文字處理機時，可以在螢幕上完成這項作業，而且不需要重新謄寫，簡直是求之不得的工具。

我習慣鍵盤操作也是我順利改為用文字處理機寫稿的理由之一。我在大學讀電力工學時，就曾經接觸過小型電腦，進公司之後也經常使用電腦。只不過當初工作上使用的電腦是ＮＥＣ的初期型，即使裝了 Word 軟體，輸入一個字之後，隔很久才會出現在螢幕上，不適合用來寫小說。

文書處理機的進化時機也發揮了推波助瀾的效果。以前的機種大部分只能在螢幕上顯示幾行文字，如果是可以同時顯示超過三十行文字的機種，價格貴得嚇人。但在我踏入文壇時，各公司競相推出了高性能低價格的文書處理機。

買了文書處理機之後，首先必須決定一件事。那就是輸入法。到底要選擇羅馬拼音輸入法，還是假名輸入法？

正在看這篇拙文的大部分讀者可能會納悶，這個問題需要煩惱嗎？大家都會覺得，當然是羅馬拼音輸入法。事實上，大部分人都使用羅馬拼音輸入法，在作家中也是壓倒性多數派。

但我選擇了假名輸入法。目前我使用Ｍａｃ電腦，也同樣使用假名輸入法，這篇文章也是用假名輸入法寫的。

買文字處理機之前，我都習慣用羅馬拼音輸入法，正確地說，我從來沒有在鍵盤上看過假名。當時幾乎都是在寫程式時才會使用電腦，根本不需要假名文字。

我之所以選擇假名輸入，當然有自己的道理。那就是我當初想要盡可能減少敲鍵盤的次數。想要成為職業作家，每年都必須寫數百張或是數千張稿紙的文字，敲鍵盤的次數也會變成天文數字。使用羅馬拼音輸入法比假名輸入法敲鍵盤的次數更多，手指恐怕會吃不消。雖然當時剛踏入文壇，但已經不知天高地厚，夢想自己案子接不完了。

我完全不在意必須記住鍵盤的位置，以及必須看著鍵盤打字這件事，因為我樂觀地覺得，自己每年都寫數千張稿紙，久而久之，手指自己會記住。從結果來說，這種想法並沒有錯，目前我的手指幾乎完美記憶了鍵盤的位置。只不過也有失算的地方，只是在十幾年後，才意識到這種失算。那就是腦袋並沒有源源不絕地擠出想法，需要隨時快速敲打鍵盤。幾乎都坐在電腦前嘆氣，不管是假名輸入法和羅馬拼音輸入法都差不多。

總而言之，對我來說，換成用文書處理機寫作是完全正確的決定。雖然比較不容易累，編輯起來比較輕鬆都是好處，但最大的好處，就是很受編輯歡迎。許多大作家即使字寫得有點亂，只要編輯能拿到稿子就很高興，但幾乎默默無聞的新人作家如果稿子看起來很亂，就根本不會有人理，所以我期待在編輯之間建立「東野的稿子姑且不論內容如何，至少閱讀起來很方便」的風評。我的算計完全達到了目的，曾經有編輯對我表達了「用文字處理機寫出來的稿子真不錯，總覺得好像為內容也加了不少分」這種不知道是褒還是貶的感想。

並不是只要用文書處理機寫稿就沒問題，我在列印的問題上也摸索了不少方法。我買的第一台文書處理機附有可以配合稿紙的格子列印的功能，但實際列印之後，發現看起來很傷眼。於是改為列印在普通的A4紙上。前面提到的亂步賞投稿規定中有一條是「列印在A4沒有格子的紙上」，想必曾經多次收到配合稿紙的格子列印出來的稿子，讓事務局的人很無言。文書處理機的那種功能根本沒用，從來沒有寫過小說的技術人員才會想到這種餿主意。

從文書處理機進化到電腦的過程更加順利，而且也有更多好處。可以在螢幕上同時顯示好幾個檔案，也不需要整天翻厚厚的《廣辭苑》字典，還可以在寫作過程中隨時上網查資料，當然，可以用電子郵件討論稿子也是一大革命。

但是，即使工具持續進化，還是有一件事輕鬆不起來。那就是寫作時的腦力工作。

我寫作的方法是讓小說情節在腦海中像電影一樣先演一遍，然後再寫成小說。

但這項作業並不簡單，最困難的就是描寫能力不足，無法順利用文字表達腦海中浮現的內容，看自己寫出來的文字後，經常發現和腦海中浮現的內容有點像，又不太像。尤其是女性的容貌，問題最嚴重。

我目前夢想有人發明出某種工具，可以把自己腦海中浮現的故事變成文字，那樣工作起來就輕鬆多了。只不過不能讓編輯看到我工作時的樣子，否則編輯就會發現，我只是很敷衍地在寫著連載中的稿子，根本沒有考慮到以後的事。

（《鑽石ＬＯＯＰ》〇三年五月號）

不祥的預感

既然以推理小說作家為職，必須密切關心很多問題。科學辦案的問題就是其中之一，最近出現了各種不同類型的推理小說，有些作家的推理小說完全不涉及命案或是偵查之類的事，但還是需要最低限度的相關知識。

查明死者身分是科學辦案的重點之一，最普遍的方法就是比對指紋。除了普遍以外，信賴度也無與倫比。只要指紋符合，絕對無法推翻兩者是同一人的結論。在指紋比對技術發明之前，前科犯的記錄中只有以照片為中心的外表資料，如果沒有明顯特徵的人使用假名字欺騙，就需要耗費很長時間才能查明身分，還不時會發生抓錯人的事。要判斷離奇死亡屍體的身分更加困難，如果遭到毀容，幾乎就束手無策了。從這個角度來說，指紋比對技術是劃時代的發明。

DNA鑑定能夠和指紋比對技術相提並論，在某種意義上來說，甚至超越了指紋比對技術。相信大家都知道，ＤＮＡ鑑定就是利用每個人身體細胞中的ＤＮＡ鹼基排列方式不同來辨別個人。可以從留在現場的血跡、體液和毛髮中萃取ＤＮＡ，有助於查出身分不明屍體和嫌犯的身分。警視廳在一九九二年決定在犯罪偵查中引進ＤＮＡ鑑定，至今已經有超過十年的歷史。

只不過ＤＮＡ鑑定的可信度比指紋略遜一籌。在一九九五年，福岡高等法院在大分市女短大生命案的審判中，否定了ＤＮＡ鑑定的可信度，做出了逆轉的無罪判決。

根據警察廳顯示的資料，以前的ＤＮＡ鑑定達到個人辨別準確率為兩百八十萬分之一，也就是說，每兩百八十萬人中，就可能有兩個人被判斷ＤＮＡ相同。雖然這個機率很低，但搞錯人的機率當然最好是零。指紋比對就可以達到錯誤機率為零。

警察廳最近公布已經引進了最新式ＤＮＡ分析裝置——螢光片斷分析裝置（fragment analysis）。以前只能進行四種類的鑑定，但在使用新的裝置之後，可以鑑定出十種類左右。當分析的過程增加，就可以減少搞錯人的危險性，個人辨別準確率為數億分之一。如此一來，就可以很有自信地說，DNA鑑定可以和指紋比對一較高下，而且鑑定時間大幅縮短，也節省了將近一半左右的費用，簡直零缺點，甚至可說是魔法的技術。

只不過我有點在意今後會如何使用這種魔法。

如同罪犯的指紋會建檔保管，DNA記錄也會保留下來。如果現場發現了疑似凶手留下的毛髮，很容易藉由電腦，在有犯罪前科者的檔案中找出相符的資料，比難以數值化的指紋更加方便比對。

但是，DNA中包含了病歷和遺傳等豐富的個人資料，當警察掌握了DNA數據的資料庫，讓人忍不住覺得有點發毛。之前就有人在討論這個問題，警察廳也在引進新的系統時，重新檢討相關的方針。

然而，既然掌握了魔法，當然會想要在最大限度上充分加以運用。最大限度是什麼？當然就是增加母體的數據。也就是說，很可能除了罪犯的DNA數據以外，也想蒐集普通民眾的DNA數據。

不光是警察而已，前面曾經提到，DNA是資訊的寶庫。一旦分析DNA變成一件容易的事，早晚會有人用來作為一種新的生意手法，到時候一定會盡可能蒐集更多的數據。

比方說，有所謂的肥胖基因。雖然名稱不好聽，但這是節省能量的基因，是以前糧食不足的民族為了能夠將脂肪儲存在體能內，以便能夠靠少量營養存活更久的進化結果。但是，在衣食不缺的現代社會，只會造成容易發胖的壞處。

對想要推銷減肥食品和減肥器具的企業來說，有肥胖基因者的名單應該很有價值。可以避免把廣告寄給和肥胖完全無緣的人，也可以根據體質瞭解肥胖的原因，對症下藥地進行推銷。

通常認為少年禿、頭髮稀疏都和遺傳有密切關係，ＤＮＡ數據也可以對相關商品的宣傳發揮重要作用。有這方面煩惱的男人很想改善這些問題，卻懶得採取行動，如果剛好有業者主動推銷，結果會怎麼樣？許多人應該會願意聽一下推銷的內容。

除此以外，還有很多生意可以運用ＤＮＡ資料。婚友社也很可能願意引進相關的系統，畢竟現在已經邁入了女人想要得到天才和運動選手精子懷孕的時代。

這些想法當然都是我的幻想，能不能實際用來做生意則另當別論。不，無論怎麼想，都覺得並非正當的生意。未經當事人同意就不能鑑定DNA，更何況濫用相關數據資料。

只不過並沒有人知道是否有企業根據DNA數據資料進行行銷活動，如果是這樣，就可能有人偷偷買賣這些DNA數據。

於是，就會出現一門新的生意，那就是專門蒐集DNA數據。目前有些公司專門做轉賣姓名、地址、年齡和職業等個資的生意，只要再多增加一項毛髮就好。區區一根頭髮，就可以大大提升這份個資的價值。使用分析儀器之後，就可以鎖定「肥胖預備軍名單」、「少年禿名單」等族群進行推銷。

我必須再度重申，這類生意都違法，但我認為隨著DNA分析技術進步，很可能有人偷偷做這種生意。相信有很多人都曾經收到完全沒有接觸過的公司寄來的廣告信函，感到很不舒服。個資在黑市盜賣的情況超乎想像，沒有人能夠斷言，這些被盜賣的個資不會有附上DNA數據的一天。

最終會怎樣？

政府官員向來都等到事情發生之後才姍姍現身，強勢推動某些政策。他們會操控政客，要求蒐集所有國民的ＤＮＡ數據，總覺得在不遠的將來，他們會用「為了國民的健康」、「為了預防犯罪」等冠冕堂皇的理由下達命令，要求「在幾月幾日之前，所有國民必須向居住地的公所繳交毛髮」。

如果在那天之前就禿頭好了。

（《鑽石ＬＯＯＰ》〇三年六月號）

為什麼要學數學？

不久之前，我為了小說的採訪工作，拜訪了明治大學數學系的增田教授。也許有人會問，寫推理小說為什麼要採訪數學教授？因為書中的一個角色，而且是極其重要的人物是數學家，所以必須深入瞭解，但其實我之前就希望有機會向數學家請益。

只要看我的個人簡介就知道，我在大學時讀電力工學。說到電力，大家可能會聯想到電路或是歐姆定律，但其實當時學的內容幾乎都和數學有關。尤其是一年級和二年級時，光是名字中有「數學」的課就超過十門，每一門課的費解程度和高中數學無法相提並論，考試當然也不會有任何一題「只要背公式就能夠解決」的考題。

在上這些課時，我一直感到很納悶，這些人——也就是研究數學的人到底有怎樣的世界觀、有怎樣的夢想。不，在此之前，我更好奇他們為什麼會想要當數學家。

增田教授的回答很簡潔。

「我從小就很喜歡數學。」

就只是這樣而已。他說遇到難題，自己想出解答時的喜悅令他欲罷不能。

我或多或少能夠體會這種感覺，我相信讀理科的人應該都懂，只是我並不想繼續鑽研，更不想作為一輩子的工作。數學只是電力工學上解決問題的「工具」而已，我從來沒有想過要親手創造這種「工具」。但仔細思考之後就會發現，正因為有人創造了這樣的工具，我們才能夠使用。無論電腦還是手機，如果缺少數學這個「工具」，就無法完成發明，火箭也不可能飛上月亮。可以說，現代文明是建立在數學的基礎上。

但是，應該並不是只有我認為數學在日本的地位很低，完全不受重視。事實上，增田教授「也有同感」。數學課逐年減少，內容也越來越淺薄。這種情況根本無法培養優秀的學生，教授也認為最近的學生學力明顯衰退。

雖然我完全不知道為什麼政府如此輕視數學，卻又以技術大國為目標，真是貽笑大方，簡直就像不播種就要等待花開。

學生不喜歡數學的原因並不光是因為政府的態度，最重要的是因為他們周遭的環境使然。

比方說，假設有小孩問父母：

「為什麼要學數學？」

到底有多少父母能夠回答這個問題？不光是父母，恐怕有一大半的老師答不上來。這些大人不知道該怎麼回答時，最後通常會擠出這樣的回答：

「問這麼多也沒用，反正學校有數學這個科目就得學。廢話少說，趕快寫功課。」

小孩子當然無法接受這樣的回答，於是小孩子就知道，大人也覺得數學根本不重要。

如今，電視也會帶來很大的影響。明星藝人大剌剌地在電視上斷言：「根本沒必要學數學」，而且如果有人說「我喜歡數學」，大家都會群起而嘲笑之，建立了

「喜歡數學的人都是怪胎」的不成文規定，高聲附和不喜歡數學的自己才正常。

在這種情況下，學生怎麼可能喜歡數學？並不是只有學生不喜歡數學，而是整個國家都不喜歡數學。

也許有人會反問我，你要怎麼回答「為什麼要學數學？」這個問題，我通常會針對以下兩個方面回答。

1. 數學是解決科學和經濟問題的工具，如果不學習有哪些工具，在從事相關工作時，就會做很多不必要的白工。即使手上有米，如果不知道有電子鍋，必須費很大的力氣才能煮出一鍋飯。微積分、三角函數都是工具。

2. 數學的進步是人類發展的基礎，必須有人研究數學，提升數學的程度，但要尋找有數學天賦的人很困難，有時候就連當事人自己也沒有發現，所以必須讓所有人都學數學，然後從中篩選出有數學天份的人。

我相信有人會反駁這個回答，但我很有自信地認為，至少比「反正學校有數學這個科目就得學」這種回答更有說服力，而且綜合以上兩個回答，就會得出「完全沒有數學天份，將來也完全不可能使用數學這種工具的人沒必要學數學」的結論，我認為這樣並沒有問題。正因為目前要求所有人都學數學，所以才會產生問題，而且我認為必須減少數學所教內容。日常生活只需要算數程度的數學，至少在高中之後，可以讓學生選修數學。

而且，在上數學課之前，老師必須用淺顯易懂的方式向學生說明，接下來學的知識可以發揮什麼作用，如果無法清楚說明，就稱不上是稱職的數學老師。

最重要的是必須修正社會上對於數學是一門特殊學問的認識，要讓大家認識到，這是一門根源性的學問。這裡所說的社會並不只是指父母和老師，目前就連得到數學恩惠的技術系企業都很少重視數學的發展。最好的證明，就是企業會贊助工學院的研究人員，卻不會援助數學家。可能是因為數學家研究的內容太根源性，看不到和做生意之間的直接關係，但其實數學和做生意之間隨時有間接的關係，由此可以發現企業高層對科學技術的認識有多麼膚淺。

也許有人覺得數學缺乏夢想，但這種想法大錯特錯，數學的世界還有許多新天地，比方說，波士頓的企業家克雷創立的克雷數學研究所，在二〇〇〇年五月，向全世界的數學家公布了七道千禧年大獎難題，只要解出其中任何一道題目，就可以獲得一百萬美元的獎金。高額獎金當然令人心動，但更令人興奮的是，原來還有這麼多題目可以懸賞。我才疏學淺，以為在四色問題和費馬最後定理之後，已經沒什麼舉世公認的難題了。

前面提到的明治大學增田教授也將其中一道難題作為研究課題，以我粗略的理解加以說明，也許可以簡單說是「如果用方程式表達水流，是否存在解答」的問題。據說這個名為〈納維－斯托克斯存在性與光滑性〉的難題，很可能由日本的數學家找出解答，真是太令人期待了。在此介紹剩下的六道難題給各位參考。

- 〈黎曼猜想〉
- 〈貝赫和斯維訥通－戴爾猜想〉
- 〈P≠NP問題〉
- 〈霍奇猜想〉
- 〈龐加萊猜想〉
- 〈楊－米爾斯存在性與質量間隙〉

這些難題看了之後也不知道所以然，只有〈P≠NP問題〉比較容易理解。大致內容是：

「關於數學問題，自己想出答案比較難，還是得知別人的答案之後，驗證那個答案比較難。」

嗯，我覺得數學家根本就是神。

（《鑽石ＬＯＯＰ》〇三年七月號）

資訊公開，全民選擇

前幾天，我所住的公寓管委會送來一份標題為〈如果夏季因為供電不足引起停電〉的宣傳單。不用說，就是東京電力隱瞞核電問題後，關閉所有核反應爐產生的影響和對策問題。

根據那份宣傳單，當電力公司停電，會有一部分電梯無法使用，公共空間的空調會關閉，停車場的大門會維持開放狀態，收取宅配的置物櫃也無法使用。住戶家中當然也會停電，除了無法使用家電，即使打開水龍頭也不會有水。對講機和保全系統都無法使用，也就是說，警報裝置也無法使用，就連市內電話也不能用，如果使用人數集中時，手機也會被限制通話。

因為不是災害，所以這種狀況並不會持續多日，只要備妥飲料和食物，或許可以生活。如果有電池式的電視和收音機，應該也可以接收資訊，但只要想像這種狀況實際發生，就不由得感到害怕。我擔心的是安全問題。即使發生了狀況，由於無法使用電話，會嚴重耽誤報警時間。歹徒很可能利用這一點，在停電後立刻犯罪。不光是犯罪問題，如果有人突然生病，如何聯絡醫院也成為問題。

三年前也曾經因為類似的事引發恐慌。那是二〇〇〇年的事。當時接到通知，因為不知道會發生什麼狀況，所以請民眾最好準備三天的食物。結果如各位所知，什麼事也沒發生。雖然也可以認為是處理得宜，但很多人認為原本是杞人憂天。不瞞各位，其實我也這麼認為。

但這次的情況不一樣，這是很簡單的算數。只要電力需求超過供電能力，就會發生停電，到時候不可能不發生混亂。

我再次深刻體會到，人類必須仰賴電力生活，但現在已經不可能改變大方向，而且日後會更加仰賴電力。尤其是日本，如果高齡化繼續發展，將會有越來越多人必須借助文明的利器才能生活。這些利器都需要使用電力。

事實上，電力公司的發電量逐年增加。對電力公司來說，商品銷量好當然是一件好事，所以會根據用電需求增建發電廠。於是，消費者就漸漸覺得「電力供應是理所當然的事」，只有在考慮家計問題時才會意識到省電的問題，不再認為省電是社會整體的問題。

但是，如今這個神話開始動搖。因為這個神話的基礎，是從未徵求國民同意的核能政策。

政府為什麼不積極尋求民眾理解核能問題？雖然政府的確有在進行宣傳，但只是羅列「核能很優秀」的華麗詞句，持續拒絕向民眾公布真實的資訊。

比方說，有關危險性的問題。政府方面和電力公司方面只是一再強調「很安全」這句話，一旦涉及成為判斷根據的具體數據，就開始吞吞吐吐，顧左右而言他。

一九九五年，大阪曾經針對快中子增殖反應爐「文殊」的運轉問題舉行了討論會。當時，反對派提出的其中一個問題，就是萬一在運轉時發生大地震，「文殊」是否會發生問題。那場會議的一個月前，曾經發生阪神淡路大地震，住在關西的人當然會擔心這個問題。

但是，動力爐・核燃料開發事業團對這個問題的回答如下：

「我們模擬了『文殊』所在地區可能發生的最大地震，並且確認完全不會受到影響。」

提問者當然無法接受這樣的回答。因為提問者想知道的是，萬一發生阪神淡路大地震等級的地震，是否仍然安全的問題，但動燃方面始終堅持「不可能發生這種規模的地震」。

「我問的是萬一發生，會造成怎樣的後果？」提問者不肯罷休。

「我剛才已經說了，不可能發生，討論不可能發生的事根本沒有意義。」動燃方面根本不願正面回應。

在討論會的一個星期前，我曾經去「文殊」採訪。公關部的窗口提到將在一個星期後召開的討論會時說：

「反正他們（反對派）只是想要挑毛病，無論說什麼都是白費口舌。雖然我們會去參加討論會，但他們不可能瞭解，只要小心不要被他們抓到語病，撐過規定的時間就好。」

所以，動燃方面原本就不打算積極回答對方的疑問，他們假裝回答問題，但滿腦子只想著極力避免爭論。

各地核能電廠和附近居民舉行溝通會議時的情況也大同小異。電力公司根本不願說服反對派，無論反對派問什麼，他們都實問虛答。當有人問：「如果發生某某狀況時，核電廠會怎麼樣？」時，只是一再堅持「不會發生這種狀況」，難怪會讓人懷疑「他們隱瞞真相」。

我也不是不能理解核能促進派的想法，他們也有數據資料可以佐證他們的信念，只是普通民眾很難理解所有的內容，如果公開部分資訊，反對派反而可能以此作為反駁的材料。與其這樣，還不如像九官鳥一樣，不斷重複「反正很安全，不會發生事故」更省事。

但是，這種怠慢顯然是造成目前這種事態的原因。因為一再堅持「不會發生事故」，導致很小的事故也無法公諸於世。他們在迫不得已之下，經常用「現象」這個字眼，即使發生了意外狀況，也堅稱「那不是事故，而是現象」。

萬一發生無法用「現象」掩飾的意外怎麼辦？如果是一定會浮上檯面的問題，當然只能作為「事故」處理，但如果只是發生只有相關人員知道的問題呢？

由此可以瞭解，這就是東京電力隱瞞事故的過程。歸根究底，就是他們始終沒有努力讓國民瞭解核能發電的問題，結果付出了代價。

科學技術總是伴隨著意外，不要不負責任地說什麼完全沒有這種可能性，不如公布所有的危險性和危險的機率，然後由國民做出選擇。

我們這些對核電和能源問題始終漠不關心的國民，也必須承擔一部分責任，必須瞭解到，奢侈的生活伴隨著風險，我們必須具備充分的知識，才能夠選擇自己的未來。

在這篇拙文連載時，或許已經迎接了用電高峰期，我很期待可以瞭解當無法自由用電時，東京人會如何看待目前關閉的核反應爐問題。

雖然我認為大部分人根本不會思考這個問題。

（《鑽石LOOP》〇三年八月號）

用高科技破解高科技的屏障

發生了異常狀況。全國各地的書店以驚人的速度銳減。並不是因為目前書籍銷量不好，如果只是書賣不出去，問題還不至於這麼嚴重。書店只要把沒有賣完的書退回去，就可以避免損失。書明明沒有賣出去，但書卻不見的現象，成為壓垮他們的最後一根稻草。因為書沒有賣出去，所以沒有收入，但書不見了，所以也沒書可退，結果只有進貨的書錢不翼而飛。

我當然是在說偷書的事。據說每家店每年損失的金額有兩百一十萬圓，相當於毛利的百分之五到十，也難怪陸續有書店決定歇業。

超市和便利商店也常遭竊，但小偷在這些店家和書店行竊的目的有決定性的不同。小偷在超市時，是因為「想要擁有那樣東西」而偷，雖然也有人藉由偷竊行為消除精神壓力，但無論是哪一種情況，偷竊的行為讓他們達到了目的。

以前在書店偷書的行為也一樣，雖然想要那本書，但因為買不起，所以只能偷回家。但是，現在的情況不一樣，小偷根本不想要那些書，他們想要的是錢，書只是替代物而已。

小偷在書店偷了書之後，就立刻轉手賣給這幾年暴增的二手書店。因為二手書店願意收購那些書，也就是說，對那些偷書賊來說，書店就像是毫無防備地把現金放在那裡的空間。在這種情況下，很難防止遭竊。

目前正在研究是否能夠引進ＩＣ標籤。ＩＣ標籤是藉由無線通訊讀取晶片內資訊，進行商品管理和自動識別的數位媒體。和條碼相比，具備了可以自由增加、更改資訊等之前並不具備的特徵。由於資訊就在晶片上，所以不需要查資料庫。

出版業正在研究是否能夠將ＩＣ標籤放在書的封面內，取代在封底印刷條碼。除了有助於增加物流和銷售業務的工作效率，更期待有助於預防偷書賊。只要在書店門口設置感應器，如果有人把沒有尚未結帳的書本攜出，就可以隨時掌握。如果二手書店也可以設置讀取器，就可以馬上判斷有人拿來賣的書是否贓物。

相信很多人看過朝日新聞的照片，如今ＩＣ標籤可以做得非常小，據說可以放進手指的指紋縫隙中。我認為這麼小的ＩＣ標籤，放在書的封面內應該沒問題。雖然會增加成本，但也可以因此提升物流和業務的效率，兩者可以抵銷。

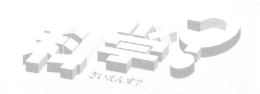

ＩＣ標籤應該有助於防止偷竊，至少可以避免像之前那樣，中學生或高中生（有時候甚至有小學生）去書店轉一圈賺點小錢這種事。但是，這一招能夠永久有效嗎？我認為犯罪的世界沒這麼單純。

電話卡剛推出時，ＮＴＴ也很有自信，認為不會遭到偽造和非法使用。但現實又是如何？我相信有不少人曾經在秋葉原遇過有人兜售可以無限次使用的電話卡。

我向來認為，高科技的防禦會遭到高科技的破解。當高科技的防禦遭到破解時所承受的損失，往往比防禦之前更加慘重。

不妨想像一下以下的情況。

在引進ＩＣ標籤後，偷書情況減少，書店就會感到安心，於是一定會減少之前用於防止偷竊的人力和費用，變成一旦沒有ＩＣ標籤，就幾乎不設防的狀態。

這時，犯罪者出現。他或是她想到了可以讓ＩＣ標籤無法發揮作用的方法。比方說，開發可以改寫ＩＣ標籤內容的裝置，只要使用這個裝置，即使不去收銀台，也可以將「已結帳」的資訊寫入ＩＣ標籤內。

也許有人說，從事這種大規模犯罪的人屈指可數，和以前隨手偷書的人屬於不同的類型。的確如此，但這種犯罪會迅速蔓延，而且變得簡單化。

如果罪犯設計出可以用手機發出電波，使ＩＣ標籤失效的方法呢？而且只要在手機上下載一個程式就可以搞定呢？

這個程式一定會透過網路迅速而隱密地傳開，「破解ＩＣ標籤」變成任何人都有能力做到的簡單犯罪，以為終於擺脫了偷書賊而放鬆警惕的書店老闆在發現自己損失慘重時，已經為時太晚了。

我不知道到底會不會發生這種狀況，ＩＣ標籤這個屏障或許更加強大，但我向來認為不能夠過度相信高科技，不妨認為只是一種防禦方法。

我認為低科技是防止犯罪最好的方法，因為犯罪者也必須要用低科技的方法，才能破解低科技的預防措施。低科技無法像高科技那麼輕鬆，往往需要耗費勞力和時間。小偷最討厭耗費勞力和時間。

比方說，所有書店都可以在結帳時蓋上書店的印章。如此一來，從書店購買的書一定會蓋上書店章。這種狀況對偷書拿去二手書店賣的人很不利，因為偷來的書上沒有蓋章，馬上就知道是偷來的。在逮住小偷時，小偷也不能狡辯說「這本書是在其他店買的」。

於是，小偷就試圖用低科技的方法破解，偽造書店章，但這不僅要耗費勞力和時間，而且對小偷來說，顯然很不安全。更何況被逮到時，除了竊盜罪，還會多一條偽造罪。

ＩＣ標籤這種高科技的防盜措施固然不錯，但希望書店也可以研究這種低科技的防盜法。

我在思考這個問題時，聽到了「數位偷竊」這個名詞。我好奇是什麼意思，一問之下才知道，好像是有人使用有相機功能的手機拍攝雜誌的內容。也就是說，有人不是站在書店看雜誌，而是用相機拍下需要的內容。

會做這種事的人，應該原本就不會買雜誌，所以無法想像會因此造成多少損失。

唯一確定的是，在開發高科技機器時，開發者並沒有想到會如何被人用於犯罪。

還有一件事，這個國家有很多人都不知道，當沒有人買書時，書就會漸漸消失。

（《鑽石LOOP》〇三年九月號）

誰破壞了著作權

前一陣子，我出席了一場「著作出租權聯絡協議會」舉辦的記者會。組成協議會的成員是漫畫家、作家和攝影師團體的代表，以及出版相關團體的代表。我在日本推理作家協會內負責出租權的問題，所以出席了那場記者會。

那場記者會聲明，將推動相關部門核准出版品也有著作出租權。

所謂著作出租權，就是在出租有著作權的作品時，著作權人也享有權利。基本上適用於所有有著作權的作品，但目前只承認音樂和影像有出租權，出版品則是「暫時不適用」。原因有很多，首要原因就是既然有租書業這個行業，出租書籍的行為對出版業界造成的損失很小。

但是，最近出現了大規模的租書業者，雖然主要商品是漫畫，但小說一旦暢銷，也會放在店內提供租借。

正如前面所提到的，目前政府並不承認出版品有出租權，也就是說，即使出租的行為侵害了他人的著作權，也不會受到任何懲罰，更不需要支付任何費用給著作權人。這種一本萬利的生意當然不可能賠錢，如果法律不及時亡羊補牢，今後這種類型的租書店應該會爆增。事實上，韓國的書籍也同樣沒有出租權，在十年前左右，出租漫畫店如雨後春筍，一家接著一家開。一九九三年還沒有一家出租漫畫店，到了一九九八年，爆增到兩萬家。據說韓國的年輕人都覺得漫畫就是要用租的，根本不需要買。在這種情況下，新出版的漫畫當然賣不出去，銷量跌到只剩原本的十分之一。更驚訝的是，在出租漫畫店出現之前的一九九三年，還有超過五千家書店，到了二〇〇三年，只剩下不到一半的書店。

當新書賣不出去，書店減少，會造成什麼後果？當然會造成許多出版社經營不善，結果就無法再出版新的漫畫。出租漫畫店的商品也就減少，客人不再上門。前面提到，在顛峰時期曾經達到兩萬家的出租漫畫店，到了二〇〇三年減少到八千家。讀者花錢買書，新作品才能問世，當這種理所當然的循環遭到破壞，閱讀文化也就跟著衰退。

我要聲明，我並不是否定出租生意，我也知道出租生意有時候可以發揮催化劑的效果。最好的例子就是錄影帶。眾所周知，出租錄影帶的普及，讓一度陷入絕望性衰退的日本電影界回春。拍了電影之後，即使在院線上映後的收入沒有達到目標，也可以靠錄影帶的收益彌補，這已經成為電影製作人之間的常識。只要能夠互惠共存，出租業的增加，對創作者絕對不是壞事。但這必須以出租業將收益的一部分回饋給作者為前提，在目前的狀況下，出租漫畫店或是出租書店即使把一本書出租給幾千個人，作家只收到一本書的版稅，出版社和其他和出版書籍相關的公司也只收到一本書的營業額。在這種情況下，出租業者就會變成作者的敵人，為了使出租漫畫店和出租書店能夠在健全狀態下發揮功能，書籍絕對需要有出租權。

雖然不用說也知道，並不是只要獲得出租權，就能夠保護著作權。因為這個世界上充斥著各種侵害著作權的行為，最典型的就是製作複製品的行為。音樂界的損失當然最慘重。

以前就有將唱片拷貝在錄音帶上後再聽的行為，唱片公司也接受這種行為。因為傳統唱片很容易損壞，經常聽會導致唱片的音質劣化。正因為珍惜唱片，所以想要拷貝在錄音帶上之後再聽，而且拷貝到錄音帶上的音質一定比原本的音質差，這種性質應該也是唱片公司接受複製的理由之一。

但目前的情況不同了，ＣＤ複製到ＣＤ時，可以做到原音重現。以前只會針對電腦程式做盜版ＣＤ片，很多人去秋葉原時，應該都曾經拿過灌了包括Photoshop等昂貴程式的廉價ＣＤ片廣告單。當時家庭的電腦普及率不高，而且電腦的記憶容量也很小，ＣＰＵ的演算速度也不像現在這麼快。但是，隨著電腦迅速普及，電腦性能也有了飛躍性的提升，每個人都可以輕易拷貝ＣＤ。只要有一個人買一張原版的ＣＤ，然後借給朋友，複製ＣＤ就會爆增，根本不需要購買，也不需要向人借，連出租業者都嘆氣說：「ＣＤ根本沒辦法做生意。」

前面提到，只要有一個人買一張原版ＣＤ，就可以轉借給朋友複製，如今使用了很可怕的傳播方法，那就是透過網路。如果只是用電子郵件寄給朋友也就罷了，但現實更加殘酷。新的歌曲剛發表，網路上立刻出現了影音檔，那已經不是「傳給朋友」而已，連陌生人，甚至全世界都可以分享盜版歌曲。聽說ＣＤ的銷售量逐年銳減，這樣的結果並不令人感到意外。和侵襲音樂界的著作權侵權問題相比，我們正在努力的出租權問題似乎有點微不足道。

但是，面對侵襲音樂界的危機不能抱有隔岸觀火的態度，必須預料到，其他行業也會遭遇相同的問題。

目前網路上並沒有太多盜版影片，因為檔案太大，下載需要很長時間。如果希望畫質清晰，難度就更高了。但是，隨著電腦持續進化，有朝一日，影像可能也會面臨和音樂相同的問題。

出版界也不能高枕無憂。我認為必須審慎考慮是否要輕易將紙本書變成電子書的問題。紙本書也要提高警覺，幾年前就已經有可以用掃瞄的方式讀取文字，變成文字檔案的軟體。雖然目前的錯誤率很高，但早晚能夠讀取正確的文字，誰都無法保證到時候不會出現新書才剛上市，網路上就會有盜版可看的狀況。寫真集已經深受其害。

對我們來說，買書的讀者是上帝。雖然自己不買，但藉由借書等方式閱讀的讀者可說是未來的上帝，但是，他們之中也可能有未來的魔鬼。

（《鑽石ＬＯＯＰ》〇三年十月號）

肥胖的迷思

很多人都希望自己瘦一點，尤其是女人，就連根本不胖，看起來明明很瘦的女人也很怕胖，市面上也充斥著各式各樣的減肥方法。

啞鈴體操減肥法、低胰島素減肥法、負離子水減肥法、耳穴療法減肥法、花草減肥法、國立醫院減肥法、骨盤矯正減肥法、斷食減肥法、腳底按摩減肥法、氨基酸減肥法、伸展操減肥法、血型減肥法、不吃晚餐減肥法、發芽糙米減肥法——雖然還有很多，但不勝枚舉，就暫時寫到這裡。

我不知道這些減肥法的效果，但血型減肥法一聽名字就覺得有點扯，相反地，斷食減肥法聽起來就超有說服力，會覺得絕對可以瘦下來。

將這些減肥方法整理之後，可以分為兩大類。不是設法控制飲食，就是做運動，有效消耗卡路里，而且還有一個共同點，就是必須有規律、長期堅持。

大部分接連挑戰各種減肥法，卻都以失敗告終的人，通常都敗在無法有規律、長期堅持這一關。

阿諾・史瓦辛格曾經說，不能把減肥或鍛鍊當作一件特別的事。

「那是和刷牙、洗臉一樣的事，沒有人無法長期堅持洗臉和刷牙，不是嗎？所以關鍵在於要讓這兩件事融入日常生活中。」

即使年近花甲，仍然維持幾近完美身材的阿諾才能說出這種話，但普通人很難做到這一點，克制欲望、忍耐痛苦很難變成習慣，也就是說，除非是為了治療疾病，否則減肥失敗是很正常的事。

減肥失敗很正常，關鍵在於不要在失敗之後自責。「自己無論做任何事都無法堅持」，這種自虐的想法會導致壓力，結果就自暴自棄，暴飲暴食，比以前吃得更多，最後導致比以前更胖的惡性循環。

減肥原本就是不自然的行為，無法堅持是很正常的事。不妨看開一點，不要為這件事感到沮喪，而且稍微有點胖也沒關係。

不光是年輕女生，我覺得現代人對肥胖這件事過度敏感。姑且不論運動選手，或是可能有生活習慣病的人，其他人不是應該把健康放在首要嗎？因為過度減肥而影響身體，不是愚蠢透頂嗎？

而且還有一個問題，那就是你真的胖嗎？會不會明明是標準體型，卻因為受到周圍的影響，誤以為自己太胖了？

有一次，我進入專門生產減肥食品的某廠商網站，有一個「瞭解你的肥胖度」的測驗，只要輸入身高和體重，就立刻可以瞭解自己的肥胖度，然後網站會推薦理想的減肥方案。

我輸入了身高和體重，出現了以下的文字。

「雖然屬於標準體重，但您是否希望自己的身體線條更苗條？向您推薦減重兩公斤的方案。」

看了這段文字，會讓人覺得我的體重比理想體重多了兩公斤。於是我又用實際體重減去兩公斤後的數字重新輸入，令人驚訝的是，出現了和剛才完全相同的文字。我不罷休，又減了兩公斤後重新輸入，結果還是一樣——

在重複了幾次之後，出現了這樣的文字。

「您太瘦了，向您推薦提升體力方案。」

說白了，這個測驗中根本沒有理想體重的概念，會一直叫人繼續瘦、繼續瘦，直到太瘦為止。

雖然我不知道會有多少人相信這種網站的內容，但對一個打著健康招牌的公司來說，顯然很不負責任。也許有一個其實並不胖（雖然不至於太瘦，但身材苗條）的女生看了測驗結果後，認為自己必須再減兩公斤而挑戰減肥，結果陷入前面所說的惡性循環。沒有人能夠斷言不會發生這種情況。

日常生活中也會發生和這個測驗相同的事。這幾年來，日本人心目中的理想身材標準有了很大的變化。極端地說，簡直覺得越瘦越美，我認為目前無法阻止這種傾向。

基於以上這些情況，我認為減肥前必須應該先接受輔導，明確瞭解當事人認為自己太胖的煩惱是真有其事，還是只是自己的成見，然後在這個基礎上判斷是否真的需要減肥。如果判斷真的需要減肥，再指導適合當事人的減肥方法。

問題在於要去哪裡接受這種輔導？我認為公家機構比較理想。和減肥產業有關的企業即使推出這樣的服務也不足以讓人相信，否則就像惡劣的假髮廠商一樣，會把商品推銷給根本不需要的人。

最近有很多公共運動中心，有些運動中心的設備和小型健身房差不多。花錢買運動器材固然不錯，但我認為也應該安排優秀的減肥輔導師進駐。

其實很多人應該根本不需要減肥，但這不代表繼續持續目前這樣的生活也沒問題。

大部分現代人明顯有運動不足的現象，而且飲食生活也很不規則。極端地說，每個人都需要重新檢討自己的生活。

同時，必須瞭解自己的身體在不斷退化的危險性。比方說，最近的年輕人都很少流汗，活化的毛孔數量很少，原因就在於空調。這是眾所周知的事實。據說三歲決定了人的毛孔數量，如果在三歲之前不充分流汗，毛孔數量就會很少。不流汗意味著新陳代謝差，排出體內代謝廢物的能力當然也會變差，長大之後就會變成需要減肥的身體。

我們的日常生活讓自己的身體變得不健康，又同時不必要地警戒自己過胖的問題——我們要持續這種作繭自縛的愚蠢行為到什麼時候？

（《鑽石LOOP》〇三年十一月號）

科技可以支援人性？

我正在考慮要不要換車。目前的愛車剛好開了十年，里程數也大約十萬公里，沒有任何故障，但等到發生故障之後再考慮買車就太晚了，所以目前正在研究。

難得翻閱汽車型錄很開心，因為我以前曾經在汽車相關的廠商任職，所以看到汽車零件，就有一種親切感。

但也有完全不熟的東西。那就是衛星導航系統。

十年前，衛星導航系統並不普遍，如今已經成為理所當然的配備。以前要幾十萬圓，現在只要以前十分之一的價格，而且可以買到高性能的導航系統。

我也曾經有好幾次想買導航系統。因為之前和朋友一起開車去兜風時，大家都以有導航系統為前提進行討論，讓我很傷腦筋。當時我覺得很容易找到加油站和便利商店的功能的確很方便。

但我到目前仍然沒有使用導航系統。最大的理由，是因為我喜歡在開車時看地圖。與其花費時間把目的地輸入導航系統，還不如打開地圖找一下更乾脆。日本的道路的確很費解，即使把車子停在路肩看地圖，也經常搞不清楚自己到底在哪裡。但我認為稍微迷路一下也是一種美麗的錯誤，而且也沒有大礙。因為有時候繞遠路，往往會有意想不到的新發現，如果不迷路，怎麼可能找到捷徑？

去陌生的地方租車時，車上通常都有導航系統。只要輸入目的地，然後選擇是否使用高速公路，之後只要聽導航系統的指示就好。雖然有些機種會讓人有點搞不清楚，但至少不會指錯方向。導航系統的確很方便。

但是，使用導航系統後完全記不住路線。導航系統的螢幕上出現的是自己目前的位置，和周圍很狹小的範圍，但對開車並沒有影響，也能夠順利開到目的地，只不過完全不記得經過的路線，也搞不清楚出發地點和目的地之間的位置關係。

我認識的一名年輕編輯最近買了車。他不是東京人，第一次在東京開車。他拿到新車後，只要每逢假日，就會開車去兜風。更令人驚訝的是，他說他根本沒有地圖。這已經成為目前這個時代的常識。

他是不是對東京和周邊的道路很熟？完全沒有這回事。他無論去哪裡都仰賴導航系統，如果不先在導航系統輸入目的地，他就沒辦法開車。

我認為這一點和電腦的弊害很像。隨著電腦的普及，誰都可以輕鬆在文章中使用很多筆劃很多的漢字，但並不見得能夠親筆寫出這些漢字。不僅如此，甚至連以前會寫的漢字也接連忘記。

我相信今後像那名年輕編輯那樣的駕駛人會越來越多，這樣真的沒問題嗎？開車並不僅僅是操作汽車而已，規劃經由怎樣的路線前往目的地，以及萬一必須更改預先的規劃時，立刻改為次好的方案也是開車技術的一部分。導航系統只是支援裝置，如果少了導航系統就沒辦法開車，那只能被稱為機械的奴隸。

汽車的進化日新月異。比方說，自排車出現之後，開車時就不需要再操作離合器和換檔，如此一來，開車就簡單多了，也不容易發生熄火的現象，相信以後越來越少人知道上坡起步有多難。電子控制燃油噴設裝置可以在任何狀況下，都調配出最適當的混合比，不需要再操作阻風門。動力方向盤讓腕力普通的人也可以開大車。

在方便操作的問題上，扣除故障的機率，汽車已經進化到登峰造極的程度，駕駛人只需磨練自己的駕駛技術，就可以獲得舒適和安全性。

於是，汽車廠商將開發目標鎖定了下一個階段，開始向駕駛人必須自己磨練的駕駛技術領域進軍，也就是開發支援駕駛的裝置。

最具代表性，而且最初建立地位的應該就是防鎖死煞車系統（ＡＢＳ）。即使在易滑的路面踩急煞車，電腦會分別控制四個輪胎的煞車，在最短距離制動。

這是非常優秀的發明，但隨著防鎖死煞車系統的普及，在溼滑道路上踩急煞車的人有所增加也是事實，因為即使踩了急煞車也不會發生任何狀況，可以繼續開車，完全沒有意識到自己的行為有多危險，也沒有機會學到有些路面會造成輪胎打滑這件事。

我認為支援裝置越來越完善，越容易隱藏這種危險。

在本刊上一期（《鑽石ＬＯＯＰ》〇三年十一月號）的〈科技趨勢總預測〉的特輯報導中，曾經提到汽車的未來。我預測今後將會結合將駕駛人操作油門、方向盤的動作轉換成電子信號，再根據信號驅動各個部分的線控驅動駕駛方式。

我猜想線控駕駛（drive-by-wire）這個名字，應該來自飛機上的線控飛行系統（fly-by-wire）。在航空領域，已經確立了將機師的操作換成電子信號的系統。一旦完成這個系統，可以輕鬆附加在支援系統上。只要電子信號進入電腦，當這個命令不恰當時，電腦會在修正後傳達到各機器。極端地說，如果前方有障礙物，駕駛人誤把油門當成煞車踩下去時，電腦就會發現駕駛人判斷錯誤，讓煞車發揮作用。

這的確有助於確保安全，但這樣真的好嗎？因為踩錯油門的駕駛人會在並沒有發現自己操作錯誤的情況下繼續開車。雖然也可以利用警報系統提醒駕駛人，但因為沒有發生意外，駕駛人往往不以為意，很可能只覺得「剛才好像有點危險」而已。

開車越來越方便簡單是一件好事，但我很擔心這些附加的支援裝置會減少駕駛人的責任感，缺乏提升駕駛技術的意願，最終破壞汽車社會。因為這個社會必須以人為基礎。

很不希望看到有一天，當發生造成人員傷亡的車禍時，駕駛人說：「不是我開的車，而是電腦開的。」

我祈禱永遠不會有這麼一天。

（《鑽石ＬＯＯＰ》〇三年十二月號）

該絕就絕，該亡就亡

我目前正在某雜誌連載一部關於牽牛花的小說，各位聽了不要驚訝，我寫的是黃色牽牛花。

即使我這麼寫，應該有很多讀者搞不懂，很納悶黃色牽牛花有什麼好驚訝的？

牽牛花是一種種類很豐富的植物，許多人聽到牽牛花，都會想起小學時學過的那種圓形的花，那只是名為大輪朝顏，具代表性的品種之一。牽牛花不僅有豐富的顏色和花紋，花和葉子也有各種不同的變化，甚至還有名為變化朝顏的一系列品種。簡單地說，就是會頻繁發生突變的植物，還有不少在乍看之下，根本不像是朝顏的品種。

為什麼我會著眼於黃色牽牛花？雖然牽牛花是具有豐富變化的植物，但目前並沒有種子可以開出黃色的花，所以也被稱為是夢幻牽牛花。

其他花卉當然也有類似的情況，最具代表性的就是藍色玫瑰。許多研究機構都試圖研發出藍色玫瑰，但至今仍然沒有成功的案例。

成功研發出藍色康乃馨的案例很有名，三得利的鮮花事業部使用具有藍色酵素的矮牽牛花基因，創造出原本並不存在的藍色康乃馨。

這些夢幻花和黃色牽牛花有根本的不同，因為原本大自然就沒有藍色玫瑰和藍色康乃馨，但以前曾經有過黃色牽牛花。

江戶時代的文化文政期和嘉永安政期，是栽培牽牛花最盛行的時代，當時的文獻中介紹了黃色牽牛花。那是鮮豔的黃色，而不是乳白色，但在明治之後，一度停止栽培變化朝顏，無法重現記錄中的幾個品種，黃色牽牛花也是其中之一。

拙作描寫了一個有人想要運用生物科技技術，研發已經滅絕的黃色牽牛花的故事。當我想到這個主題時，覺得是一個浪漫的故事。但是在深入思考讓這些滅絕品種復活的意義時，不禁覺得這種行為是否太輕率？

即使不用說也知道，這個世界上到處都有很多生物走向滅絕。日本的朱鷺已經滅絕，西表山貓也正走向滅絕之路，於是目前開始研究保存這些稀有動物的DNA，利用生物複製技術讓牠們復活的方法。

當桃莉羊誕生時，我最先想到這件事。我覺得從此之後，就不會再有珍貴的動植物滅絕，甚至夢想一旦這項技術成熟，還可以讓古代生物復活。事實上也有研究人員正在研究讓長毛象復活，要從西伯利亞冰凍的化石中取出DNA，複製長毛象。雖然要找到狀態理想的DNA很困難，但在技術上完全有可能做到。

我無意挑剔這些研究，也不是不支持這些研究工作，但即使幻想這些滅絕的動物復活，也無法感到高興，反而有點想不透。

要如何對待那些復活的動物？人類能夠妥善保護牠們不再滅絕嗎？還是覺得「只要有心，可以隨時讓牠們復活」，所以用完即丟？後者當然不用說，即使是前者也一樣糟糕，無論是哪一種情況的景象都無法讓人感到開心。我仍然記得當年日本原生種的最後一隻朱鷺在保護中心飼養的景象充滿了悲戚。

我們失去的並不是朱鷺本身，而是先失去了朱鷺生活的環境。我們之所以擔心西表山貓的滅絕，並不是因為珍貴動物消失令人難過，而是不願接受這個世界又失去一個可以讓他們安靜生活的寶貴環境。

即使讓這些已經滅絕的動物復活，牠們能夠生活的小世界仍然處於滅絕的狀態，這樣算是拯救了牠們嗎？牠們只是代表了各自生活的小世界的象徵，即使只是讓牠們復活，也不代表恢復了已經失去的東西。

我們人類就是這一切的罪魁禍首。亂捕、破壞牠們的生息地、和家畜的接觸，都是有史之後動物滅絕的主要原因。

因此，如果人類要對此負責，首先必須恢復從牠們身邊奪走的小世界。但這種情況有可能嗎？也許在技術上並非不可能，但如果真的要這麼做，人類就必須改變目前規劃的未來。

人類以自己的繁榮為最優先，做出了某些選擇。人類破壞其他生物的聖地，也是這種選擇的結果。因此，如果要為了滅絕的生物恢復原來的環境，就必須改變方針，不以人類的繁榮為最優先。到底有多少人會同意這種做法？

有些人平時生活在充滿科學文明的都市，想要放鬆時，去遠離都市的地方渡假，當文明逐漸滲透這些地方，就會大聲抗議「保護大自然」。問題是住在那裡的居民也有享受科學文明的權利。

我認為根本無法恢復原來的環境。

『我認為，存在的東西就讓它繼續存在，反過來說，消失的東西就讓它繼續消失。某個物種之所以會滅絕，一定有滅絕的理由。我認為黃色牽牛花會從這個世界消失，是人類想不到的大自然連鎖的結果。試圖用生物科技讓黃色牽牛花復活的行為，就像有一部電影所演的，讓恐龍復活一樣，無論對滅絕的物種和人類來說，都未必是一件幸福的事。』

這是我在前面提到的連載小說的一部分，喜歡牽牛花的愛好家，對試圖讓黃色牽牛花復活的主角說的話。我身為作者，目前仍然沒有做出結論，牽牛花愛好家和主角究竟誰對誰錯。

但有一件事很明確，即使人類讓朱鷺和西表山貓復活，也不要以為彌補了自己犯下的罪，世界也沒有恢復原狀。牠們無法繼續在目前這個世界生存，人類讓世界變成了目前的樣子，而且人類只能在這個世界生存。

破壞大自然的行為不可能永遠持續，總有一天會畫上句點，但我推測應該不是毀在人類的手上，因為人類沒有這麼巨大的力量，而且這樣變成是一種自我否定。

當人類滅絕時，破壞大自然的行為才會結束。也許地球知道這一天一定會到來，所以在靜靜等待這一天。

如果你的ＤＮＡ保存下來，在人類滅亡之後，有某種力量讓你的複製人復活。

他或者她會幸福嗎？

（《鑽石ＬＯＯＰ》〇四年一月號）

查證再使用，然後拋在腦後

開始寫這個連載隨筆時，曾經提到科學技術的進步對寫作活動有什麼影響，雖然也有很多辛苦，但基本上來說，比以前方便多了。對作家來說，可以輕鬆上網查資料幫助很大。如果要深入瞭解，當然親赴現場、向相關人員瞭解情況最理解，但如果只是在為描寫和說明增色，網路更有效率，完全達到了「人在家中坐，盡知天下事」的境界，而且二十四小時都可以，對經常在深夜寫作的人來說，已經成為不可或缺的工具。

查資料時，除了網路以外，我也常用電子辭典。我有兩部電子辭典，一部放在書房，一部放在客廳。也許有人好奇，為什麼要放在客廳？其實我放在客廳的電子辭典比放在書房的使用頻率更高。在翻閱雜誌或是看電視，或只是怔怔地在那裡抽菸時，當腦海中浮現什麼疑問，就會馬上查一下。比方說，在聽音樂時，會突然想到這個問題——

「黑人音樂的饒舌音樂和食品保鮮膜的日文發音一樣，兩者有什麼關係嗎？」

如果旁邊有人，可能會問一下，但我的身邊通常只有寵物貓，所以就需要電子辭典來為我解惑了。只要手指點幾下輸入關鍵字，就馬上可以得到答案。原來饒舌音樂的英文是rap，保鮮膜的英文是wrap，兩者完全沒有關係。賽馬中使用的「一圈時間」雖然發音也一樣，但是lap，又和前兩者完全不同。原來日文中「lappu」的發音有很多種不同的意思，「亂舞」這兩個字也可以發這個音。有時候查電子辭典後，會像這樣得到意外的收穫，我愛用的電子辭典也有百科事典，可以解決大部分疑問。

我的姊姊是教師，她也在客廳放了百科事典。她說：「只要有不太瞭解的問題，就可以馬上查清楚」，表達了很像是教師的意見。但她的是真正的百科事典，總共超過二十冊，光是這套百科事典就把書架塞滿了，每次要拿出來也很辛苦。電子辭典真的方便多了。

在秋葉原的電器街挑選電子辭典時想到，雖然有各家廠商出了各種不同的機型，但附有百科事典的機型很少。我向店員請教了這個問題，得到了以下的回答。

「因為很少有客人想買有百科事典功能的機型，只要有國語辭典、英日和日英辭典就夠用了，然後客人就會選好用、便宜的機型。」

喔，原來是這樣，原來大部分人不需要百科事典。既然消費者不需要這種功能，廠商也沒必要為了把百科事典放進去而增加記憶容量，因為這樣會導致價格變貴。

到底都是誰在買電子辭典？我也問了店員這個問題。

「大部分都是上班族，還有學生。」

啊？學生嗎？我有點驚訝。現在的年輕人還真有錢。

不久之前，為了宣傳新書跑了幾家書店，聽到有一家書店的店長說：

「現在即使是開學季節，字典類也都賣不出去，以前都會有一定的銷量，現在的學生都不買字典。」

電子辭典就是原因之一。我再度表達了現在的學生真有錢的感想，店長告訴我說：

「是家長出錢。如果分別買國語辭典、英日、日英辭典，然後還有漢字辭典，總金額也很驚人，買一部電子辭典反而比較便宜。」

我之前不知道，原來現在學校已經允許學生帶電子辭典去學校，上英文課時，也可以正大光明拿出來使用。

「現在的學生還真輕鬆啊。」當時也在場的編輯和我都這麼認為。

不光是因為電子辭典攜帶方便，相信用過的人都知道，查電子辭典很方便。比方說，要查 dictionary 這個英文單字的意思，不需要輸入完整的單字，每輸入一個英文字母，就會縮小候補單字的範圍，差不多輸入到 dicti，就可以找到想要查的單字，簡直讓當年曾經需要翻厚厚的英日字典，在密密麻麻的字海中查英文單字的人太羨慕了。

沒想到不久之後，又得知還有更厲害的電子辭典，連文字都不需要自己輸入了。

那種電子辭典的外形像是一支很粗的筆，前端有一個極小的掃瞄器，只要把前端在想要查的單字上掃一下，機器就會讀取印刷的文字，將單字的意思顯示在液晶螢幕上，簡直就是魔法字典，單手就可以操作了。

但是，中年男人忍不住思考，增加方便性固然不錯，但這樣真的好嗎？

當年計算機迅速普及時，學校曾經發生這樣的問題。因為小學生在寫算數作業時使用計算機計算，所以根本沒有達到練習的效果，甚至有的學生把計算機偷偷帶去學校。

雖然這只是我個人的感覺，但我覺得年輕世代的計算能力變差了。看到有人必須用計算機才能算出含消費稅後的價格，讓我確信這並非我的心理作用。計算能力必須從小訓練，否則就無法掌握。我猜想計算機剝奪了他們訓練的機會。

看到電子辭典變得太方便，我產生了同樣的擔心。因為原本查字典的行為也充分具有訓練的意義，比方說，在查英文單字的意思時，首先必須把單字的拼法記住，然後才翻開字典。中途忘記時，就需要再看一次。萬一記錯了，在字典上就找不到，所以必須一次又一次確認拼法，在這樣不斷重複的過程中，不是會逐漸記住嗎？同時也可以訓練和英文相關的腦細胞。筆型電子字典只要在文字上掃一下就可以得到答案，這樣可以訓練大腦的哪一個部分？不光是英文，查國語辭典和中日辭典的行為所得到的收穫，應該不是只有瞭解文字的意思和漢字的寫法而已。

據說和寫信相比，用手機傳電子郵件時，幾乎不會用到大腦的前額葉，所以年輕人才會這麼入迷。因為使用前額葉都會帶來某種程度的痛苦。

任何人都不想思考費神的事，不想動腦筋，但回應這種需求真的沒問題嗎？責怪小孩子未免太不公平，因為任何人看到有逃避痛苦的方法，都會趨之若鶩。

正因為這樣，大人更應該在小孩子的大腦發育問題上負起責任。

（《鑽石ＬＯＯＰ》〇四年四月號）

誰為他們發聲？

只要看我的簡介就知道，我在成為作家之前，曾經在某汽車零件廠任職，職務應該算是工程師。以前接受採訪時，當我提到這件事時，幾乎所有人都會露出驚訝的表情問：

「請問你具體做什麼工作？」

起初我以為對方真的想知道答案，於是就認真回答說：

「生產技術相關的工作。」

但對方通常都聽不懂。這也是理所當然的事，因為對方在採訪有關小說方面的事，也就是典型的文科人，不可能瞭解製造業，所以通常聽了我的回答後，困惑的臉上會露出尷尬的笑容，甚至有人問我：

「是喔，所以會用到氰化鉀或是氰化鈉嗎？」

因為「氰化物」和「生產」的發音相同，所以文科人在針對推理小說進行採訪時，聽到這個字眼，腦海中想到的就是「氰化物」。

從某個時期開始，當再有人問我工作性質時，我只回答說：

「就是做各種研究工作。」

理科人聽到這樣的回答，通常會繼續問我做哪方面的研究，但文科人不會問。更何況他們問我的工作內容並不是有什麼特別的用意，只是進入下一個問題之前的銜接而已。

不光是這件事，在進入這個世界，也就是文科的世界後，我深刻瞭解到，這個世界上只有一小部分人關心科學技術的問題，其他人並不只是漠不關心，幾乎是一無所知。

比方說，當我辭職來到東京時，好幾個出版社的編輯都對我說：

「你竟然辭掉這麼好的工作，既然下了這麼大的決心轉行，希望你的收入可以很快和以前的收入相當。」

聽到編輯這麼說，我忍不住臉都綠了。作家這一行這麼難賺嗎？根據我的計算，無論寫出來的書再怎麼不賣，只要每年寫三、四本，至少可以和上班族時代的收入相當。問題在於有沒有辦法寫出來，但我有自信可以完成。

以結果來說，我並沒有失算。一方面是因為我原本的預測就比較悲觀，所以第一年的收入就超過了上班族時代。出版社的編輯明明知道我的收入，仍然問我：

「你這樣有辦法生活嗎？要賺到和以前工程師時代的收入恐怕會很辛苦。」

我不由得好奇，他們以為我以前當上班族的收入有多高，於是就直接問了他們，他們的回答令我大吃一驚。

「那家公司的話，應該有一桶金吧？」

他們說的「一桶金」應該不是指一百萬，也就是說，他們以為二十多歲的工程師年收入有一千萬圓。我相信讀者中應該有人在製造業任職，可能會不相信別人會有這種誤解，但這件事千真萬確。

我曾經在一本小說中安排了一個角色在廠商的研究所工作，為自己薪水太低而傷腦筋，結果校對人員來向我提意見，說既然是廠商的研究人員，薪水應該很不錯。我問對方有什麼根據，校對人員說：「雖然沒有根據，但應該就是這樣。」

工程師和研究人員在他們眼中似乎是特別優秀的天之驕子，他們理所當然地認為，因為這些人連一般人很不擅長的數學和理科成績都很優秀，而且能夠運用這方面的能力工作，當然會有比一般人更為特殊的待遇。在他們眼中，數學和理科很差是「正常」，數學和理科很好的人都很特殊。

如果企業高層的想法和他們一樣，工程師和研究人員就太幸福了，但事實並非如此，在經營者眼中，無論研究人員完成多麼劃時代的研究，都只是工作而已，只要支付和工作時間相符的薪水就好。可能沒什麼人知道藍色發光二極體的發明者和公司之間的訴訟問題，這起訴訟正充分反映了這個問題。

出版社的編輯聽了這起訴訟的來龍去脈後都說：

「原來無論多麼出色的研究人員，都只被當成普通的上班族。」

諷刺的是，對科學技術一無所知的人，反而更瞭解這些研究人員的寶貴。

當然，這並不代表他們想要深入瞭解工程師和研究人員。

我曾經打算在一本小說中描寫製造現場的情況，因為我認為如果讀者不瞭解製造現場的嚴峻，就無法襯托小說的主題。沒想到編輯看了稿子之後，認為故事本身很有趣，但又對我說：

「工廠那一部分是否可以刪除，因為沒有吸引力，也很費解，我想讀者應該不會喜歡。」

我向編輯說明，因為小說情節的關係，無論如何都需要這部分內容，但編輯始終難以理解。在溝通之後我瞭解到，他不希望書中出現製造現場的內容，根本不想知道是誰辛苦製造了那些便利的機器，只要知道「哪裡的誰製造了這個」就足夠了。

許多人都知道NHK的《X計畫》這個節目，聽說節目的收視率很高，可惜我身邊很少有人愛看那個節目，只有我以前當工程師時代的朋友會熱烈討論節目的內容。也就是說，只有曾經從事製造工作的人，才會對節目中的人物產生共鳴，搞不好其他人只看那個節目介紹製造業以外的內容。

泡沫經濟顛峰時，我和一個編輯聊天時提到，目前的社會很瘋狂。把生意人和廣告人捧得很高，但他們只是啦啦隊，應該重視在球場上打拼的球員。我說的球員當然就是製造者。

沒想到那位編輯一臉正色地說：

「但現在電腦和機器人都已經這麼發達，以後由人類製造的情況應該越來越少了。」

聽到這句話時，我真的火冒三丈，很想對他說，你以為電腦和機器人是自己變得發達的嗎？而且你到底對電腦和機器人瞭解多少？

出書的目的之一，是為生活在同時代的人發聲，但如果代言人對科學技術和從事製造業的人漠不關心，到底誰會為他們發聲？

理科和文科之間仍然存在著厚牆，我剛好跨越了這道高牆，正因為這樣，我認為自己有義務談一談厚牆另一端的世界。

（《鑽石ＬＯＯＰ》〇四年五月號）

理科人比較有優勢？

雖然我認為把人分成理科人和文科人沒什麼意義，而且該怎麼分也是一個問題，但如果根據就讀的大學和工作經驗大致分類，我應該算是理科人。

理科系的作家為數不多。因為在理科的路上勇往直前，中途很少有一座橋可以通往小說家這條路，應該說幾乎沒有。許多想要成為小說家的人，都希望把自己的經歷和學到的知識反映在作品中，但理科的經歷、知識通常和小說有點格格不入。而且在理科的世界生活多年，學到的知識和經驗的專業性會越來越強，很難成為閱讀對象是一般讀者的小說素材。我之所以能夠成為作者，就是因為我趁早退出了理科世界。

這個世界的競爭很激烈，有特徵總比沒特徵好，所以我努力宣揚自己是理科人的特性。

一些很熟的作家也經常語帶羨慕地說：「你在科學技術方面很強，真羨慕你。」雖然我並沒有很強，但如果是採訪科學相關的內容，我會覺得很輕鬆，閱讀相關資料也完全不以為苦，也有很多理科方面的人脈關係。

但反過來說，這是我唯一的武器，因為我對其他方面一竅不通，最多只對運動方面略懂皮毛。我在歷史方面最弱，江戶時代的事，因為時間久遠，所以經常搞不清楚到底是哪一個年代發生的，還曾經以為忠臣藏的時代是在將近幕末的時候，連我自己都對自己在這方面的無知感到無地自容。不瞞各位，我最近剛結束在一本歷史雜誌上寫連載小說，雖然打出了「作者第一部歷史推理！」的宣傳口號，還用了一個驚嘆號，但故事是讓據說曾經出現在江戶時代的黃色牽牛花在現代復活，任何人看了都會覺得是科學推理的內容，連我自己都覺得那根本是詐騙。

最近不時覺得自己骨子裡就是理科人這件事，對作家來說未必是優勢，反而有更多負面的影響。尤其在看其他作家受到好評的作品時，這種感覺更加強烈。

不久之前，我擔任某個以推理小說為對象的文學賞評審，有時候會發現從科學的角度來看，那個詭計根本太不合理的作品竟然入圍了。在評審會時，我針對這一點提出意見，沒想到令我感到意外的是，其他評審對這一點似乎並不在意。

比方說，在某部作品中，有一個情節是被車子撞到的人因為受到衝擊，竟然彈到電線的高度。我認為這種情況絕對不可能發生，因為從旁邊開過來的車子撞到人時，人怎麼可能往上彈？因為這個部分是解謎的重要部分，所以我主張姑且不論小說的文學價值，在詭計方面絕對無法苟同。

沒想到我說得口沫橫飛，其他評審似乎並不以為意，最後甚至有人說什麼「高爾夫球桿的桿面有一定角度擊球時，球就會往上飛，人撞到擋風玻璃時，情況應該也差不多」。不，高爾夫球有彈性，會發生這種狀況，但人的身體幾乎沒有彈性，所以只會被撞爛——即使我這麼解釋，其他評審也只是苦笑而已。

雖然最後那部作品並沒有得獎，但並不是因為大家接受了我主張的內容，而是另一個評審指出了作品在文學上的瑕疵，感覺好像只有我一個人從頭到尾都在說一些偏離重點的意見，讓我感到很沮喪。

並不是只有那一次，讓我知道其他人並沒有像我這麼在意科學的合理性。根據我的印象，即使推理小說中使用了從科學的角度來看，絕對不合理的詭計，也不會因為這個原因影響對作品的評價。相反地，正因為有點牽強，所以有可能會提出迷人的解謎方式，這個部分反而經常受到高度評價。

這就是讓我覺得骨子裡是理科人未必都是優勢的原因。也就是說，如果太在意科學的合理性，很可能無法激發大膽的創意。有一句話叫做「縮小範圍」，這正是我面臨的情況，我無法否認自己縮小了創意範圍的可能性。

我有一部作品使用了穿越時空的手法，未來的兒子穿越時空去見以前的父親。這部作品要拍成連續劇，製作人和編劇當然會根據原著稍加改編。我對自己的作品影視化的基本態度，就是只要能夠拍得好看，怎麼改都無所謂，但當聽到他們想要改編的內容後，我回答說這根本不可能。

他們希望在最後一幕，把父子在過去拍的照片呈現在觀眾面前，而且要顯示在電腦螢幕上。因此，要拍穿越到過去的兒子必須用數位相機拍照這一幕。但因為不能帶著相機穿越時空到過去，所以電腦天才少年的兒子必須在過去製作可以拍出數位圖像的機器。

我斷言說，絕對不可能。因為在那個年代，甚至沒有液晶螢幕，即使去秋葉原買再多材料，也不可能做出這樣的機器。即使能夠做出來，也絕對大到不可能搬動。現在是因為開發了專用的ＬＳＩ，所以數位相機才能夠這麼小。

即使我說破了嘴，製作人和編劇仍然不願放棄，他們堅持要在最後一幕呈現父子的照片，而且是數位圖像。

我絞盡腦汁，調查了當時的科學技術水準，希望找出可以將數位圖像留到未來的方法，即使稍微有點牽強也無所謂，最後終於找到了一個答案。

製作人對我深表感謝，但最後並沒有採納我想出來的點子，因為要在劇中交代這件事太複雜，於是他們刪除了原本很堅持的最後一幕。

這並不是成功的例子，也讓我汲取了教訓。雖然要嘲笑製作人和編劇對科學的不嚴謹很簡單，但正因為這樣，他們才能夠想到很美妙的最後一幕。雖然最後不得不捨棄，但如果在拘泥於科學，縮小了創意的範圍，絕對想不出這樣的點子。這種自由發揮的創意不斷累積，有朝一日，可以創造出科學方面也沒有問題的美妙點子。

不要受限於科學的框架，自由地發揮創意——理科人的作家必須牢記這一點。

寫到這裡，我突然想到，是否因為變成了小說家，所以漸漸忘了這件事？放下成見，不要受到現有技術的束縛，要懷疑常識——這是我以前當工程師時，經常被提醒的事。

理科人很擅長深入研究一件事，但或許並不擅長發揮創意。經常聽說好幾個技術人員絞盡腦汁也無法解決的問題，結果外行人一句話就解決了。技術人員雖然製作出手機，但女高中生巧妙使用的方法，經常讓開發者也大吃一驚。

也許以後不該太強調自己是理科系作家這件事，否則別人可能會覺得我創意很貧瘠。當然，如果有人說，是你自己貧瘠，所以才會在理科社會混不下去，我就真的啞口無言了。

（《書的旅人》〇四年八月號）

少子化對策

不好意思，我要聊一個可能不怎麼討喜的話題。不久之前，我母親去世了，享壽八十一歲。醫生很久之前就要我們家屬做好心理準備，所以我們並沒有太震驚，相反地，對我們兒女來說，最大的煩惱反而是八十六歲的父親接下來該怎麼辦。

我的兩個姊姊都和公婆住在一起，我是單身，所以我們兒女很難和父親一起生活、照顧他。

我在寫這篇文章時，這個問題仍然沒有結論。母親的法事還沒辦完，我們幾個兒女每次聚在一起討論時，就會發生爭執，也還沒有完全掌握父親的真實想法。

老實說，這個問題很傷腦筋。我相信不光是我，許多人都面臨同樣的難題，為此感到煩惱。

但我對一件事感到很慶幸，就是父親雖然年事已高，但我的年紀還不算太大。

我目前四十六歲，父親在四十歲時生下了我。老實說，我在小時候對這件事很不滿，為什麼我的父母和同學的父母相比，看起來這麼蒼老？進入會認真考慮未來的青春期後，這種憂鬱更加嚴重。和父母相差四十歲，就代表我二十多歲時，父親就六十多歲了。當時我覺得六十多歲就是不中用的老人，所以對自己年紀輕輕就要照顧年邁的雙親感到絕望。

但現實並沒有像我擔心的那樣，父母都很健康，六十多歲、七十多歲時一點都不老，我和其他同年代的朋友一樣，只要照顧好自己就好。而且我父親是工匠，直到最近之前，都不需要子女提供經濟上的援助。

如今，父親逐漸走向人生終點站，我離普通人從公司退休年齡的六十歲還有十幾年。我很慶幸這一點。如果父親在二十五、六歲時生我，等他活到目前的年紀時，我就六十多歲了，比起父親的事，我可能會更擔心自己的老後生活。

我以前曾經責怪父母，「為什麼等到年紀那麼大才生小孩？」現在我每天都為自己說的這句話深刻反省。發自內心感謝他們這麼晚才生我。

這個經驗讓我不由得思考今後少子高齡化社會的問題。

我的一位作家朋友在兩年前升格為人父，他對我說：

「孩子成年時，我已經六十多歲了，一想到這件事，就感到很不安。」

很多在高齡成為人父、人母的人都會說這種話，但為什麼會有這種擔心？在自己開始考慮老後問題時，兒女剛好成年，這樣不是很好嗎？

趁年輕時生孩子，之後會比較輕鬆——經常有人這麼說。趁年輕時生，趁年輕時照顧孩子，當孩子長大成人，夫妻就可以好好享受人生。這樣的想法成為這種論調的基礎，但目前和提出這種論調的時代，無論社會環境和個人的生活方式都發生了改變。

眾所周知，日本人的平均壽命增加。雖然據說最大原因是新生兒的死亡率降低，但在這四十年期間，超過一百歲的人口增加了一百倍，從這一點來看，人越來越長壽的確是事實。

而且，不僅是長壽而已，各個年代的人都看起來比實際年齡年輕。以前五十多歲的人，每一個看起來都是老人，現在這種人成為少數派。和以前相比，二十多歲的人看起來簡直很幼稚。

由此可見，我們的人生就像彈簧一樣，少年期、青春期和壯年期都拉長了。

然而，社會並沒有跟上每個人的這種肉體上的變化。比方說，退休年齡。平均壽命已經增加了這麼多，但大部分企業的退休年齡仍然設定在六十歲，造成退休後的期間過長。

還有另一個重要的問題，就是決定要不要生孩子的時期，和幾十年前沒有改變。

比方說，女人在三十五歲之後就被認為是高齡產婦，所以很多女人都認為必須在三十五歲之前決定要不要生孩子。事實上，大部分女人都在二十五歲到三十五歲期間生孩子。人生變長了，決定要不要生孩子這個重要問題的時期仍然維持原狀。

而且，職業女性和男性一樣，在進入職場的前十年，比之後的十年更重要。在這麼重要的時期，如果因為分娩、育兒而離開職場一、兩年，顯然會對資歷帶來很大的負面影響。

我認為日本的少子化傾向最大的原因，就是「社會環境導致女人更容易錯過生孩子的機會」。如今已經不是女人年過三十就變成老女人的時代，人生變長了，女人年輕、美麗，在工作中感受到人生意義的期間也拉長了，但在思考要不要生孩子的時間、期間仍然和以前一樣，當然會導致很多女人錯過生孩子的時機。作家酒井順子女士將未婚、無子女和超過三十多歲的女人稱為「敗犬」，但我認為三十多歲就判斷人生勝負為時太早。

將女人考慮要不要生孩子期間大幅拉長，是改善少子化現象的唯一方法。進入職場的前十年努力工作，然後再結婚、生子。如果讓這種模式成為社會的主流，很多認為自己年紀太大而放棄生孩子的女人，也許就會重新考慮。

事實上，女人的意識已經漸漸朝向這個方向發展。昭和五十年（一九七五年），三十五歲以上女人的分娩佔整體的百分之三・八，目前已經增加到將近百分之十。雖然那些腦袋不清楚的政治人物似乎並不希望高齡分娩人口增加，但這不正是拯救這個國家的方法嗎？

話說回來，高齡分娩的確會增加風險。最主要的是醫學方面的問題，所以政府必須建立良好的醫療體制，讓女人在高齡後也能夠安心懷孕、安心分娩，同時，也該致力預防女性身體機能的老化。男人即使已經上了年紀，也可以靠威而鋼重振雄風，但女人到了某個年紀就要告別性生活，未免太不公平了。

必須建立一個即使男人四十歲，女人三十五歲生第一個孩子也不足為奇的社會。父母在這個年齡時，經濟上比較寬裕，現在育兒不需要像以前那樣耗費很多體力，而且三、四十歲也仍然很年輕，也許比軟弱的二十多歲時更有活力，性格方面也比較成熟，虐待孩子的父母應該也會減少，也可以避免以前常揶揄的「小孩子帶小孩子」的情況。

同時，也要改變退休年齡，必須比目前延後五年到十年。一旦能夠建立這樣的社會，父母到將近九十歲時，仍然能夠老而彌堅。

既然現在平均壽命增加，女人維持美麗、充滿可能性的時間也可以拉長——我認為社會前進的方向很明確，不知道各位讀者的意見如何？雖然可能有人說我私心，只是想要擴大自己的好球帶，這當然也是重要因素之一。

（《書的旅人》　○四年九月號）

預測北京奧運

雖然這篇拙文刊出時，應該已經變成了過時的話題，但我還是想聊一聊雅典奧運。因為閉幕式剛結束，我還無法平靜內心的激動。

日本代表隊在雅典奧運的最終成績是16金、9銀、12銅，總共獲得37枚獎牌，跌破了所有人的眼鏡。我在奧運之前預測只能得到8枚金牌，分別是男女柔道各2枚，共有4枚，女子摔角2枚，北島或室伏奪得1枚，還有其他項目可能有1枚。我原本預測棒球、女子壘球和女子馬拉松無法奪金，沒想到完全失算，但我非常歡迎這種令人高興的失算，但日本隊真的變強了嗎？他們是否能夠在下一屆北京奧運時，也像這次大展身手？所以我決定回顧各項競技比賽，預測在下屆北京奧運能夠獲得的獎牌數。

在這一屆奧運中，柔道獲得了最多獎牌。柔道從東京奧運開始正式列入比賽項目，但級別逐漸細分。東京奧運時只有四個級別，在雅典奧運時已經增加到七個級別。在東京奧運時沒有女子柔道，從巴塞隆納奧運後正式列入比賽項目，也就是說，光是柔道就增加了十個項目。

男子柔道從東京奧運到雅典奧運的金牌數分別為3、3、3、4、1、2、2、3、3，在洛杉磯奧運時獲得4枚金牌，因為蘇聯和東歐集團以及朝鮮、越南、寮國等共產主義國家抵制了洛杉磯奧運，所以必須扣除這些因素思考。也就是說，從東京奧運以來並沒有太大的變化，雅典奧運的成績也只是維持和以往相同程度而已。

問題在於女子柔道。從巴塞隆納奧運到雅典奧運的金牌數分別為0、1、1、5，可說是大躍進。

但無論是男子柔道還是女子柔道，都不可能在北京奧運也如此旗開得勝。美國不積極投入的競技比賽，對中國來說就是奪金大好機會，一定會像韓國在首爾奧運時一樣，會積極爭取在柔道中大量爭奪獎牌。到時候日本必將陷入一番苦戰，所以我預測男女柔道最多總共奪取3枚金牌。

這次的女子摔角也和女子柔道同樣表現出色，總共四個級別的比賽中，有兩個級別奪得了金牌，在沒有奪金的另外兩個級別中，也分別奪得了銀牌和銅牌。可以說，強大的日本女人這次充分為日本爭光。

但這並不代表今後也可以靠這個項目奪金。以前女子摔角並非正式比賽項目，所以外國人並沒有積極投入，尤其是那些只要在奧運中獲得獎牌，就可以一輩子不愁吃穿的國家更是如此，日本剛好是因為有「相信一定可以成為奧運項目」的伊調姊妹，和父親是摔角手的濱口選手，所以才能在本屆奧運中獲得好成績。既然女子摔角現在已經成為奧運正式項目，那些體能條件更加出色的外國少女，很可能為了「爭取奪金」而投入女子摔角。首先就是中國。

日本隊這次參加的四名選手都還年輕，應該也能夠在北京奧運時一展身手，我預測屆時能夠死守2枚金牌。

除了柔道和女子摔角以外，日本隊能夠奪得獎牌的比賽項目如下：

游泳比賽……3金、1銀、4銅

田徑……2金

體操……1金、1銀、2銅
水上芭蕾……2銀
自行車……1銀
射箭……1銀
棒球……1銅
壘球……1銅
帆船……1銅
男子摔角……2銅

這樣一寫，會覺得好像在各項不同的運動項目中都可以奪得獎牌，但從奧運比賽整體項目來看，真的是微乎其微。雅典奧運共有二十八項競技、三百零一個項目，雖然很納悶其他比賽項目的情況，但日本隊當然有參加，只是還沒有達到可以奪取獎牌的水準。最大的原因就是投入這些運動的人口太少，但這也情有可原，日本很少有人「雖然不喜歡，但因為想在奧運中奪得獎牌，所以還是從事這項運動」。大家都很清楚即使奪得了金牌，也只是熱門一下子，很快就被遺忘了。政府雖然會發獎金，但沒辦法照顧選手的生活一輩子。既然這樣，還不如投入自己喜歡的運動，即使沒辦法出國比賽拿金牌也沒問題。

但是，中國的情況就不同了。比起踢足球吸引很多女生，很多人會選擇有可能奪得獎牌的運動，即使是冷門運動也無妨。比方說，這次的射箭女子團體賽，由韓國隊和中國隊決賽，韓國在首爾奧運之後，積極投入這個運動項目，目前已經成為韓國的拿手項目。這是整個國家思考亞洲人的體格無法和歐美人相比，哪些項目更容易奪得獎牌這個問題後，得出了「射箭」這個結論。中國當然不可能不這麼想，一定已經開始著手為北京奧運做準備。女子團體的結果充分證明了這一件事。雖然山本選手在本屆奧運中奪銀，但在北京奧運時恐怕很難繼續獲得獎牌。

棒球、壘球、水上芭蕾、男子摔角等項目在之前的奧運比賽中也都有奪牌記錄，所以並非在雅典奧運時表現特別優異，但在北京奧運時，有可能表現突然變差，預測和這次的獎牌數相同比較妥當。雖然我期待水上芭蕾下次可以奪金。

回到田徑運動。日本並不是近年來才開始在女子馬拉松這個項目中領先，男子鏈球項目只是因為有偉大的室伏父子，並不是日本很強，這兩個項目應該可以抱有期待。在鏈球項目中，只期待沒有選手會使用新的禁藥。

很遺憾，目前無法期待能夠在其他田徑項目奪取獎牌。中國的劉翔選手在一百一十公尺跨欄項目中獲得金牌，但無法想像日本人能夠像他一樣。應該說，劉翔選手和室伏選手一樣，應該視為特例。

獎牌數比以前有明顯增加的游泳比賽和體操比賽的情況又會如何？尤其是游泳比賽，從洛杉磯奧運到亞特蘭大奧運，獲得的獎牌總數只有2枚，在雪梨奧運獲得2銀2銅，這次一口氣大為增加。雖然有北島這個超級明星是原因之一，但其他選手也很活躍，得到獎牌的選手人數很多，平均年齡也很低，所以當然會認為四年後也值得期待，但要求他們能夠超越這次的成績未免太殘酷了。體操也一樣，畢竟中國是以前的體操冠軍，一定會不惜一切代價，大量爭取奪金，而且也會充分運用主辦國的地利之便，也許日本隊只要能獲得1枚獎牌就不錯了。

所以，我預測北京奧運的奪金情況如下。

男女柔道……3

女子摔角……2

田徑……1

棒球……1

游泳比賽……1

總共8枚金牌。雖然看起來似乎有點悲觀，但我覺得已經是很樂觀的估計。

雖然和獎牌無關，但我很關心足球。我認為日本政府應該用毅然的態度和中國政府交涉，避免亞洲盃的情況再度發生。不，也許在足球場外也發生了同樣的事，如果是這樣，選手根本無法安心投入比賽。

（《書的旅人》〇四年十月號）

堀內很差勁？

雅典奧運後的運動話題都被棒球獨佔了。日本職業棒球發生了史上第一次罷工，而且鈴木一朗即將在美國打破記錄，讓人覺得雖然足球越來越熱門，但仍然無法忽視棒球的存在。

並不是棒球的一切都受到矚目，職棒球界一直因為仰賴巨人隊的人氣遭到批評，但目前關鍵的巨人隊受矚目程度都在衰退。不僅因為被奧運搶走了風頭，再加上無法奪冠，在某種程度上也是無可奈何的事，但收視率屢創新低到底是怎麼回事？

雖然應該有各種原因，但歸根究底，就是缺乏吸引力。

在球季開始之前，巨人隊列出了一整排全壘打好手的陣容，號稱是史上最強打線，這個名稱或許並不假，而且球隊的全壘打數也的確出人意料。

照理說，這樣的陣容應該很有吸引力，問題就在於觀眾感受不到。為什麼？簡單地說，就是雖然全壘打連連，但就是贏不了。全壘打出現在穩輸的比賽中，總有一種心酸的味道。觀眾不想體會這種心酸的感覺，所以就轉台，結果就造成收視率下滑。

我原本以為巨人隊今年得冠軍是十拿九穩。雖然投手讓人有點不安，但終究會打敗所有對手。因為不是淘汰賽制，漫長的賽季打下來，最終還是真正的實力決定勝負。

但目前九月底，第一名是中日隊。在這篇拙文刊登時，冠軍應該已經出爐。第二名是養樂多隊，戰力強大的巨人只有排名第三。

到底發生了什麼狀況？在分析之前，先介紹一下各球隊的成績。

中日隊　75勝　52敗　得分579　失分530　防禦率3．92
養樂多隊　67勝　58敗　得分581　失分637　防禦率4．70
巨人隊　68勝　60敗　得分713　失分647　防禦率4．54

（截至9月26日）

只要看這張成績表，就可以隱約發現各球隊的特徵。中日隊雖然得分最低，但靠控制失分獲勝。巨人隊雖然會失分，但得分更強。養樂多隊以縮小分數差獲勝，輸的時候就乾脆輸得很慘。

這樣看不出真正的實力。比方說，養樂多隊在三個球隊中的防禦率最差，但因為包括了放棄比賽後的失分，所以我認為無法看出真實性。

所以我將獲勝和落敗的比賽分開，分別計算出每場比賽的分數。

	獲勝比賽的得分	失分	落敗比賽的得分	失分
中日隊	5.4	2.5	3.3	6.6
養樂多隊	6.0	3.1	3.1	7.4
巨人隊	7.3	3.4	3.6	6.9

如此一來，就能夠比較明確地看出事實真相。首先看到落敗比賽中，每場比賽的平均得分。在比賽中落敗，就代表對方的投手表現出色，這種時候能夠獲得的分數，不正是代表真正的實力嗎？

於是會發現，三個球隊不分軒輊。雖然通常認為中日隊的打擊能力遠遠不如巨人隊，但即使在最後落敗的比賽中，平均也有3分，巨人隊也沒辦法達到4分。換句話說，只要對手球隊的投手陣容堅強，巨人隊的打線和中日隊就不相上下。

結論1。中日隊和巨人隊的得分能力勢均力敵。

接著再來看獲勝比賽中，每場比賽的平均失分。既然在比賽中獲勝，就代表處理敗戰的投手並沒有出場，可以成為評估投手實力的大致標準。可以發現失分的順序和排名相符，尤其是中日隊的失分低於3分，的確很厲害。

有趣的是養樂多隊，雖然防禦率比較差，但在比賽中，比巨人隊更具有壓制對手球隊的能力。

巨人隊和中日隊之間相差將近1分，這應該就是本球季中，兩隊之間的落差。

前面已經提到，兩隊的得分力不相上下，所以投手力決定了勝負。

結論２。中日隊真正的投手力超越了巨人隊。

然後再來看看分數差。簡單地說，就是平均贏幾分獲勝，輸幾分落敗。這是簡單的減法，結果如下。

中日隊以相差２・９分獲勝，相差３・３分落敗。

養樂多隊以相差２・９分獲勝，相差４・３分落敗。

巨人隊以相差３・９分獲勝，相差３・３分落敗。

我相信讀者應該瞭解我想要表達什麼。無論中日隊還是養樂多隊，輸的時候比分差更大。中日隊在落敗的比賽中的失分差並不理想，甚至和巨人隊沒有太大的差別。

說白了，就是巨人隊沒把力氣用在刀口上。在不必要的時候拚命得分，即使比賽已經出現了敗相，仍然讓投手拚命投。如果只是一場比賽有這樣的結果也就罷了，超過一百場比賽都是這種結果，難怪會讓人認為不是個別能力，而是其他地方有問題。

再來和二〇〇三年之前的巨人隊進行比較。巨人隊以前就用這種方式打棒球嗎？

2003年巨人隊　71勝　66敗　3和　得分654　失分681　防禦率4·43

和剛才一樣，再將獲勝和落敗的比賽分開進行分析。

	獲勝比賽的得分	失分	落敗比賽的得分	失分
2003巨人隊	6·0	2·8	3·5	7·4

在落敗比賽中的得分率和今年幾乎相同。也就是說，即使補強了那麼多重砲打者，並沒有提升真正的得分力。防禦率也幾乎相同，但在獲勝比賽中的失分率和今年不一樣，而且和今年的中日隊一樣，控制在3分以下，但在落敗比賽中的失分率

慘不忍睹，和今年的養樂多隊一樣，超過了７分。

也就是說，可以用以下的數字表示巨人隊去年（２００３年）的表現：

以３．２分之差獲勝，以３．９分之差落敗。以些微的分數獲勝，落敗時就讓主力投手休息。這種情況當然就不屬於沒把力氣用在刀口上。在統計這些之後，我驚訝地發現，在落敗的比賽中，去年平均每場比賽的失分比今年更多。

看了這些數據之後，各位有何感想？

有人認為巨人隊今年的投手比去年差，事實或許如此，但如果真的差很多，在落敗比賽中的失分應該比去年多。得分力又如何呢？在平均每場獲勝的比賽中，得分差高於１分，但在落敗的比賽中比分並沒有太大的差異。

由此可見，今年的巨人隊沒有把戰力用在刀口上。

結論３。至少和原辰德前領隊相比，堀內領隊讓選手在不必要的時候賣力，在關鍵時刻沒有讓選手充分發揮。

（《書的旅人》〇四年十一月號）

一個提議

不好意思，再次談論棒球的話題。

今年大聯盟的季後賽很精彩，主角當然就是紅襪隊。在聯盟決賽中，和宿敵洋基隊對決時連輸三場，在第四場比賽中，到第九局仍然敗戰意味濃厚，在陷入窮途末路的困境下絕地大反攻，然後又發揮了驚人的毅力連勝四場，在七戰四勝制的比賽中三連敗後四連勝，是大聯盟史上前所未有的情況，在美國職業運動史上也是第三次出現這種徹底大逆轉。紅襪隊憑著這股氣勢，在世界大賽中，和紅雀隊交鋒時也連勝四場，一口氣稱霸世界。因為打破了所謂的「貝比魯斯魔咒」，在根據地的波士頓引起了轟動，甚至造成了人員在混亂中死亡。

幾乎在相同的時期，日本大賽也在日本國內開打。經過直到第七場都打得不分高下的激戰，西武獅隊終於打敗了中日龍隊，睽違十二年再度稱霸。這也沒什麼不好。

問題在於西武隊為什麼可以參加日本大賽？這是拜從今年開始，太平洋聯盟採用的季後賽所賜。在聯盟內經過一百數十場比賽後，最後由大榮鷹隊獲得冠軍，西武隊獲得亞軍，日本火腿隊和羅德隊在激烈纏鬥後獲得季軍。在季後賽中，首先由西武隊和日本火腿隊舉行三戰兩勝制的第一階段賽事，西武隊獲勝後再和大榮鷹隊舉行五戰三勝制的第二階段賽事，最後西武隊獲勝，成為聯盟的冠軍。

在公布這種比賽方式時，我覺得有點莫名其妙。想必是看了大聯盟季後賽打得很精彩，所以也想模仿一下。但讓在相同條件下打了半年，終於決定了排名的三支球隊再度打冠軍賽，未免有點太奇怪了。我相信有許多球迷也有相同的不滿，覺得難以理解。

但我並不打算在這裡批評這次季後賽的方式，值得矚目的是，即使是這種奇怪的季後賽，仍然吸引了觀眾。

在此之前，日本職棒很少有這種一次定勝負的舞台，向來重視一次又一次比賽，最後分出勝負的聯盟賽。在比較真正的實力時，這也許是最佳方法，但球迷想看的並不光是這樣的比賽，至少我是如此，我想看那種全力拼搏，感覺這場輸了，就沒有明天的比賽。高中棒球之所以感人，就是因為每一場都是這樣的比賽，無法讓人跌破眼鏡的運動，當然很容易膩。

在雅典奧運時，大家都認為日本隊絕對可以得到金牌，最後只拿到銅牌。我認為最大的原因，就在於無論指揮官還是選手，都不習慣這種一次定勝負的比賽。如果真心想提升日本棒球，必須讓職棒也有一次定勝負的舞台。

稍微改變一下話題。今年職業棒球界發生了幾次強震。第一次的主角是近鐵隊和歐力士隊。名門的近鐵隊竟然消失，被歐力士隊吸收合併了。如果是一般企業也就罷了，和選手個別簽約的球隊完全沒有向球員說明，就突然消失、合併進其他球隊，這已經不是驚訝，而是傻眼了。我覺得日本職棒選手會太晚決定罷工了，話說回來，木已成舟，也已經無可奈何。

因為少了一個球隊，太平洋聯盟明年的比賽就很傷腦筋。於是有人提出乾脆推出一聯盟制，但因為十一個球隊太多了，所以要再減少一個球隊。於是就開始討論研究到底要減少哪一個球隊，但始終沒有理想的結論。不久之後，選手會決定罷工，然後又有ＩＴ企業說要加入，最後一聯盟制的方案也就不了了之。

我堅決反對一聯盟制。自己支持的球隊如果是第三、第四名還勉強可以接受，如果排名更後面，就會搞不清楚自己在聲援什麼，而且也很懷疑選手是否能夠維持士氣，結果導致沒有存在價值的球隊越來越多，最後可能只剩下一個聯盟六個球隊。

據說太平洋聯盟的老闆希望能推出一聯盟制，是希望能夠和當紅球隊巨人隊比賽。這麼一來，既可以吸引觀眾進場觀看比賽，還可以向電視台收取一大筆轉播費。正如我在上一篇文章中所提到的，巨人隊受歡迎的程度雖然大不如前，但那些上了年紀的老闆內心的幻想並沒有消失。最好的證明，就是在決定維持兩大聯盟制之後，那些球隊老闆仍然執著於和巨人隊比賽，結果引進了類似交流戰的奇怪制度。

站在一個球迷的角度，我認為交流戰並非一無是處。球迷的確想看新的對戰，雖然只有一開始才有新鮮感，但一個聯盟內只有六個球隊，一直在聯盟內互打，球迷怎麼可能不膩？

但我並不認為這種敷衍潦草的交流戰可以成為振興職棒的特效藥，根據我的猜測，應該只能期待開幕賽會稍微熱門一下。因為交流戰的日程安排避開了排名競爭激烈的時期。

接下來要進入正題。重整職業棒球的最佳方法是什麼？

整理以上的內容，可以歸納出幾下幾點。

・季後賽不可或缺
・想看新鮮組合的對戰
・球隊老闆都希望和巨人隊比賽

我有一個提案可以解決以上所有的問題，那就是三聯盟制，每個聯盟有四個球隊。基本上，同一個聯盟內的四個球隊競爭排名，但也可以舉行跨聯盟的交流賽。比方說，每個球隊分別和同聯盟內的其他三個球隊舉行二十八場比賽，和其他聯盟的八個球隊分別舉行七場比賽，每個球隊的比賽場數就剛好一百四十場。每個聯盟內勝率最高的球隊獲得聯盟冠軍，可以光明正大地用啤酒淋在選手身上狂歡。不會發生像今年的大榮鷹隊一樣，明明獲得了冠軍，卻無處可慶賀的窘境。

也就是說，到時候會有三支球隊成為聯盟冠軍。至於接下來的情況，看大聯盟的人就知道，這三支球隊和剩下的球隊中勝率最高的球隊（稱為「外卡」）舉行季後賽，這個季後賽可以稱為日本大賽。

當然還有需要解決的問題。最大的問題就是如何安排聯盟的球隊，每個球隊應該都想和巨人隊在同一個聯盟，球迷對聯盟內只有固定四個球隊也會很快就膩了。

所以要採用輪流的方式。簡單地說，就是每年除了冠軍以外的三個球隊都要整組調換。比方說，某一年各聯盟的成員如下。（目前還不知道新加入球隊叫什麼名字，所以稱為新球隊）

	第一名	第二名	第三名	第四名
A聯盟	中日	阪神	養樂多	橫濱
B聯盟	西武	巨人	羅德	日本火腿
C聯盟	大榮	廣島	歐力士	新球隊

隔年各聯盟的成員：

Ａ聯盟	中日	廣島	歐力士	新球隊
Ｂ聯盟	西武	阪神	養樂多	橫濱
Ｃ聯盟	大榮	巨人	羅德	日本火腿

聯盟內沒有獲得第一名的三支球隊隔年也幾乎都和相同的球隊比賽。極端地說，如果三支超弱的球隊在同一個聯盟內，就會永遠無法擺脫對方。即使和巨人隊在同一個聯盟，也只有第一年可以高興。如果巨人隊獲得冠軍，隔年就分道揚鑣了。如果採取不讓巨人隊得到冠軍，自己也不奪冠的姑息策略，就無法享受進軍季後賽的榮譽。

當然還有個人頭銜的問題，我認為只要各聯盟都推選出一位就可以解決。每年有三位打擊王或是全壘打王很熱鬧，也很不錯。

明星賽只要舉行Ａ對Ｂ、Ｂ對Ｃ和Ａ對Ｃ的三場比賽就好，所有成員都會改變，所以很有新鮮感。

我覺得無論從哪一個角度看，這都是錦囊妙計，難道棒球界沒有研究過這種方法嗎？就連我這個外行也能想到這種方法，或許有人已經想到了。如果有人反對，一定是不想放棄既得利益的中央聯盟內，除了巨人隊以外的五支球隊。

（《書的旅人》○四年十二月號）

大災難！誰最先採取行動……

中越地震發生至今已經快兩個月。看媒體的報導發現，重建之路還很漫長。雖然已經擺脫了每天都有餘震，整天提心吊膽的時期，但不難想像災民在暫時擺脫這種恐懼後，深刻體會到自己的慘重損失。

看到這次地震，不由地想起阪神淡路大地震。雖然那次造成更多人傷亡，但我完全不認為這次的情況不嚴重。因為對災民來說，他們所承受的痛苦相同。

但是，這次的地震的確運用了阪神淡路大地震的經驗。雖然公家單位的行動總是慢吞吞，但和阪神淡路大地震時相比，已經大為改善。在一對母子遭到活埋時，東京都的消防救助機動隊奇蹟似地救出了少年。東京都的消防救助機動隊正是汲取了阪神淡路大地震的教訓後所成立的組織。

政治家的行動又是如何？嗯，他們很快站上了表演舞台。小泉首相原本要在東京都內欣賞電影，接到地震通知後，立刻取消活動回到了官邸。雖然這是理所當然的事，但在阪神淡路大地震時，當時的村山富市首相比起地震的事，更為社會黨內的紛爭傷透腦筋，直到接獲通知，得知死亡人數超過兩百人時，才意識到事態的嚴重性。當時距離地震發生已經超過六個小時，首相在忙什麼？他正在開會討論要如何安撫從社會黨出走的人。更扯的是令人記憶猶新的「愛媛丸事件」，日本的高中生因為美國的疏失而死亡，正在打高爾夫的森首相在打完十八洞，興奮地和球友討論完標準桿啦博忌等等，洗完澡之後，才終於回到官邸。老實說，這已經不是危機管理能力的問題了。相較之下，這一次首相的行動算是差強人意，雖然中止欣賞電影的舉動很正確，但在演員致意結束之後才離開的行為讓人無法苟同。雖然有人覺得沒差那幾分鐘，但國民對這種事都看在眼裡，可見首相還是不夠謹慎。

這次地震發生後，志工的行動最迅速。雖然交通都陷入癱瘓，但在避難所設置完成的同時，第一批志工已經趕到現場。我認為也是在阪神淡路大地震之後，在民眾之間興起了一旦發生重大災害，就要有力出力的風氣。

對在避難所嚇得發抖的災民來說，從志工手上接過熱騰騰的味噌湯時，一定很感動。重建需要人手，這些願意無償幫助他人的志工令人肅然起敬。

但是，志工有很多種，這次也有一些心術不正的假志工。有只是去吃飯的志工，也有跑去超市偷東西的志工，甚至有遭到通緝的志工。如今大家都知道，一旦災害發生，就會有很多志工前往災區，所以就有許多人逮到了可趁之機，真是令人傷腦筋。

話說回來，大部分都是熱心的志工，真心為他們的行為鼓掌。

水電瓦斯和通訊等生命線，以及交通網都在逐漸恢復，有些地方也開始進行房屋重建工作，聽說還有人開始在臨時店鋪做生意。

接下來才是問題所在。地震至今已經快兩個月，感覺好像變成了過去式，但和阪神淡路大地震時一樣，對災民來說，重建才是真正辛苦的開始。

倒塌的房屋不可能自行恢復，必須有店鋪才能重新正式做生意。想要投入生產必須有廠房，也需要有機器，也需要有文明的利器才能進行農作業。

對他們來說，目前最需要什麼？答案很明確，那就是錢。沒有錢，根本不可能重建家園。

政府機關在這種時候往往不會很乾脆地把錢拿出來。真搞不懂為什麼政府機關經常在一些無聊的事上花錢如流水，一旦要幫助民眾，就突然變成了吝嗇鬼。比方說，縣政府會補助房屋的修補，但審查格外嚴格。聽說根據全毀、大規模半毀、半毀、部分損毀這四種不同的程度，決定補助的金額，但只要房子還有一部分留在原地，就無法被視為全毀。即使房子嚴重傾斜，只要屋頂還在，最多只能算半毀。根據政府公布的數據，全毀有兩千五百棟，半毀有四千八百棟，但聽說和實際情況有很大的落差。

我覺得這種時候不要小氣，就大方把稅金投下去，讓災民建造新房子。

縣政府或多或少支付了補助金，勉強算是苦民所苦，國家會花大筆稅金修補道路、河川等公共建設，但對個人的房屋損壞漠不關心。

既然無法靠政府，就只能由民眾提供協助。不用說，這當然是指捐款。我覺得「捐款」這兩個字也是在阪神淡路大地震之後越來越流行。

隨著網路的普及，只要手指點一下，就可以線上捐款，也有越來越多人知道可以向紅十字會捐款。

當這些善意的資金流動，動歪腦筋的人也開始蠢蠢欲動。就像志工中有心術不正的人一樣，募款的人中也出現了可疑分子。

前面提到了網路，果然出現了可疑的網站，謊稱是為災民募款，結果要求民眾把錢匯進自己的私人帳戶，利用中越地震的電話詐騙也猖獗了一陣子，打電話給老人家，謊稱是老人的兒子或孫子，說自己在地震中變成了災民，向老人騙錢。

發生重大災難時，誰最先採取行動？這件事讓我瞭解到，既不是公務員，也不是義工，而是那些騙子。對他們來說，任何重大災難都是一夜致富的大好機會。

前幾天，我走在路上時，看到有幾個年輕人在路旁募款。小箱子上貼著災區的照片，上面寫著「請協助中越地震的重建工作」。

我走過去時，一個年輕人走了過來，說希望我可以樂捐，無論多少都沒有關係。

那個年輕人戴著眼鏡，看起來很老實，我對他說：「給我看一下你的身分證明。」

年輕人露出困惑的表情，出示了像是學生證的東西。我搖了搖頭說：

「我想要確認，你們募的款一定會用在災民身上。」

年輕人露出不悅的表情。因為我懷疑他會侵吞捐款，他出現這種反應很正常。他氣鼓鼓地走開了。

我可能傷害了他，但我希望他瞭解，現在的社會已經無法輕易相信他人，不是莫名其妙的人只要站在路旁募款，別人就會相信，然後乖乖地拿錢出來樂捐。

我走進不遠處的咖啡店觀察他們，很少有人毫不猶豫地捐錢給他們。我觀察了大約一個小時，差不多只有十個人把錢投進捐款箱。雖然我不知道每個人投了多少錢，但八成都是零錢。

幾個年輕人站了一個小時，只募到一千圓左右——

雖然我覺得還不如去打工一個小時，把打工的錢送去災區，但可能我太多管閒事了。

（《書的旅人》〇五年十一月號）

誰之過？對誰的義務？

有些讀者可能知道，我愛上了單板滑雪。年輕時曾經有十年左右的滑雪經驗，但從某個時期之後完全放棄，之後對滑雪場或是雪山漠不關心。沒想到這幾年，每到冬天就開始關心天氣，當然是滑雪場的天氣。只不過今年（二〇〇四年十二月）因為發生了中越地震，所以我不敢大聲說出「趕快下大雪，趕快下大雪」。因為我經常去的滑雪場幾乎都在新潟縣。

但是，對新潟來說，觀光和滑雪場的收益也是重建的重要資金來源，所以如果滑雪季時沒有下雪，他們也很傷腦筋。於是我就開始小小聲說出自己「真希望趕快下雪」的心聲。

問題是老天爺就是不下雪。不光是新潟，信州和北海道都不下雪。時序進入十二月之後，北海道的滑雪場才終於陸續開始營業。這是往年無法想像的情況。我經常去的群馬縣水上，在十二月底竟然幾乎沒有自然積雪。兩年前的這個時候，即使標高很低的地方，積雪量也超過一公尺。

今年夏天的酷暑破了記錄，我認為這是整個地球都暖化了。

二〇〇三年夏天，瑞士創下了41．5度的可怕氣溫。法國因為天氣太熱，造成一萬五千人死亡，死亡人數以老人為主。根據牛津大學等研究團隊發表的報告，異常熱浪的原因是二氧化碳等造成了地球暖化所帶來的影響。這是在模擬人為增加二氧化碳的狀態和正常狀態下，觀察地球整體氣候變化後所得出的結論。如果繼續維持目前的狀態，數十年後，會頻繁出現相同的異常熱浪。

夏天這麼熱，冬天當然也不冷。聯合國環境計畫和蘇黎世大學的團隊預測，如果地球繼續暖化，今後三十年到五十年期間，標高一千五百公尺以下的滑雪場都會因為雪量不足而關閉。

竟然有這種事！萬一真的發生這種狀況該怎麼辦？我要不要搬去北海道？不，這不是重點，所以先暫時不討論滑雪的問題。

一旦地球繼續暖化，會帶來什麼負面影響？我粗略地想了一下，預計會發生以下的問題。

- 北極和南極的冰層融化，海面上升，導致有些地區會被淹沒。
- 沙漠化情況加劇。
- 瘧疾等熱帶風土病會擴散到溫帶地區。
- 下雨的地方會有更多豪雨，土石流災害頻傳。

大家對第一個問題可能沒有直接的感受，會以為即使南極和北極的冰層融化，和廣闊的海洋相比，影響應該微乎其微。但其實除了融化的冰層以外，還要計算溫度上升造成海水膨脹的情況。根據目前的預測，在本世紀末，海面會上升65公分。

如果以為才65公分沒什麼，就大錯特錯了。南太平洋有諾魯共和國、萬那杜共和國和薩摩亞獨立國等許多島國，都是珊瑚礁上的國家，海拔只有數公尺。如果海面上升65公分，這些國家會失去許多國土。

千萬不要以為那些遙遠的國家和自己無關，因為目前被稱為已開發國家的國家，正是造成地球暖化的元凶，所以日本在各方面援助這些瀕臨被淹沒危機的小國，算是為此負起一點責任。所謂援助，當然就是錢，錢就是稅金。我們每一個國民繳的稅金用在這種地方。怎麼樣？是不是覺得和自己有一點關係了？

第二個問題也很嚴重。原本可以吸收二氧化碳的森林遭到砍伐後，不僅會加速地球暖化，沒有樹木的土地會急速變成沙漠，每年約有六百萬公頃的土地變成沙漠，這個事實令人感到愕然。這種時候，通常會以東京巨蛋球場作為比較的基準，所以每年有一百三十萬個東京巨蛋球場的土地變成沙漠。哇噢，真的假的！

第三個問題，我相信已經出現了這種現象。二〇〇一年，發現熱帶家蚊在關西機場內繁殖。據說是飛機帶回來的，但原本熱帶家蚊只能在熱帶和亞熱帶生存，這代表關西機場的環境已經和熱帶、亞熱帶相同。還有一種瘧蚊也只能在熱帶或亞熱帶繁殖，會傳播瘧疾，應該已經做好了進攻的準備。

很多人對第四點深有體會，因為完全符合日本今年的情況。破記錄的降雨量、颱風接連登陸，簡直懷疑日本列島會被沖垮了。

地球暖化的確很可怕，但一般人對這個問題有什麼感受？大家都為這個問題感到不安，根據讀賣新聞在今年十月做的調查，有六成的人對地球暖化感到不安。

令人在意的是，這麼回答的人幾乎都是三十多歲以上的人，年紀越輕，似乎對這個問題越無感，而且在引進用於保護環境政策的環境稅問題上，也出現了越年輕越反對的現象。在對於是否關於環境和自然保護的問題上，二十多歲男性回答「關心」的比例最低。

我認為不能因為這樣就認定現在的年輕人很自私。因為他們並沒有親身感受到地球暖化的問題，我們這些中年人曾經經歷過天寒地凍的冬天，但年輕人沒有這種回憶。從他們出生、懂事之後，就一直是暖冬。最好的證明，就是氣象廳在二〇〇〇年改變了暖冬的判斷基準。根據之前「和過去三十年的平均值相比」的標準，每年都變成「今年是暖冬」，最近這幾年，日本的冬天比往年稍微暖和已經是正常狀態（但氣象廳仍然發表今年是暖冬，所以如果按照以前的標準就是「超級暖冬」）。

對現在的年輕人來說，這種氣候很正常，所以很難要求他們對地球暖化產生危機感。

這件事令人難過，也令人感到害怕。地球暖化首先破壞了人類對氣候的認識。

地球暖化會對誰造成影響？我們中年人當然會有點傷腦筋，但傷腦筋的時間並不會太久，只要我的體力允許，應該可以一直享受滑雪樂趣，而且是在日本國內。但現在二十多歲的年輕人呢？當他們變成老頭子時，日本還有滑雪場嗎？

防止地球暖化，是我們對年輕人、孩子，以及對日後出生的人應盡的義務，因為他們在這件事上並沒有責任。

雖然這件事需要他們的協助，但是，假設有一個年輕人騎著機車趴趴走燃燒汽油，要怎麼向他說明防止地球暖化政策？

「會變成目前這種狀況，不是你們以前拚命燃燒汽油和煤炭造成的嗎？你們自己當初不節制，現在叫我們忍耐，腦筋有問題嗎？什麼環境稅！去向大叔和老頭徵收不就好了嗎？」

他說的完全有理，所以我們要怎麼回答？

（《書的旅人》〇五年二月號）

別再嘆息

在上一期的這個專欄內，我大聲嚷嚷著「我想滑雪，但老天爺就是不下雪，到底是怎麼回事！王八蛋！所以地球真的暖化了，如果不趕快採取措施就來不及了」。沒想到最近（二〇〇五年二月初）連日大雪，各地陸續傳出了災情。聽到高知縣的積雪創下十八年來的記錄時，我只是覺得「喔，是喔」，但聽到車子因為打滑，造成三十七輛汽車連環撞，就覺得雪也不必下得這麼誇張，適可而止就好，尤其很同情中越地震的災民。話說回來，並不是因為我在怨嘆下雪不足，老天爺才狂下雪，所以請各位不要寄抗議信給我。

話說回來，氣候的事真的讓人搞不懂，氣象廳應該也沒料到會連日下這麼大的雪，但這並不代表地球暖化是錯覺。地球暖化問題必須長期觀察才能瞭解，不能憑短時間的氣候來判斷整個地球的變化。不，搞不好這場大雪也是地球暖化的徵兆之一。

據說目前無法完全用數字表示地球的氣候變化，眾所周知，地球表面幾乎都是水，就連水流也無法完全用計算公式表達，這是天大的難題，如果可以成功，可以領到約一億圓左右的獎金。

人類犯了很大的錯，不斷製造出惰性氣體和二氧化碳，改變了氣候變化的方向，而且這種變化不可逆，即使現在控制氣體的排放量，也無法回到以前。

人類在其他領域中也犯了相同的錯。

今年六月開始實施了防止特定外來生物危害生態系法，這條法律禁止擅自進口和飼養外國的動植物。目前日本約有兩千種外來種入侵，造成了極大的危害，所以政府終於採取了行動。

外來種入侵的途徑五花八門，隨著交通工具逐漸發達，植物的種子可能附著在貨物和人體身上帶進來，有時候外國的老鼠可能躲在貨物中，這種狀況在某種程度上防不勝防，問題在於那些故意把外來種帶入日本國內的狀況。不，如果只是帶進來也就罷了，最糟糕的是，沒有深入思考過這種動植物可能對原來的生態系造成怎樣的影響，就放進大自然的行為。

最出名的案例，就是曾經為了消滅毒蛇黃綠龜殼花，引進了被認為是黃綠龜殼花天敵的印度小貓鼬，結果印度小貓鼬完全不吃黃綠龜殼花，反而吃掉了特別天然紀念物琉球兔。原因有點讓人哭笑不得，因為黃綠龜殼花是夜行性動物，印度小貓鼬是晝行性動物，兩者幾乎不會碰到。

其他地方也有類似的狀況。沖繩為了消滅孑孓，把北美魚的大肚魚放流，雖然大肚魚或許會吃孑孓，但也吃掉了孔雀魚。島根縣的沖之島以前曾經放生歐洲產的家兔作為糧食，但之後糧食短缺的情況逐漸改善，沒有人再獵捕家兔，家兔數量越來越多，把大水薙鳥吃掉了。大水薙鳥的築巢地被指定為國家天然紀念物。

雖然很想指責當初做出這種決定的人，為什麼要做這種蠢事？但總覺得這種情況稍微值得原諒，因為那是在建立「生態系會遭到破壞」的概念之前犯下的錯誤，或許可以解釋為當時一心為了解決眼前的問題，沒有想到大自然的循環問題。

相較之下，那些因為自私而把外來種放進大自然的情況就令人無法原諒，這種情況至今仍然層出不窮。

浣熊很可愛，但這只是在動畫世界很可愛，真正的浣熊並不是動畫裡的小浣熊「拉斯卡爾」，在實際飼養之後，就知道飼養很辛苦。怎麼可以把這種動物當作寵物大量進口？只要考慮一下日本的居住環境，就可以預料到會有很多飼主難以應付。於是，這些難以應付的飼主就把浣熊丟棄。當然不可能丟在大街上，通常會帶去森林後丟棄。浣熊被丟到森林後不知所措，但牠們必須生存，所以就開始找食物，久而久之，就會野生化。浣熊的生存能力很強，於是，原本住在森林裡的動物和種植農作物的農民就成為受害者。

剛才提到棄養浣熊時不會丟在街上，但有些寵物被丟到街上。之前曾經有一尾長一公尺的鬣蜥出現在府中市的住宅區，也曾經有美國大陸原產的擬鱷龜走在八王子的大街上。擬鱷龜既然名字中有「擬鱷」兩個字，就知道牠的攻擊性很強，如果小孩子不小心伸出手，後果不堪設想。

黑鱸是最常被人隨便放流的動物。最初是在一九二〇年代，在神奈川縣的蘆之湖放流，之後釣魚的人把黑鱸放去其他的湖泊，導致目前全國各地都有黑鱸。黑鱸的繁殖力實在太驚人了。

黑鱸的繁殖力對琵琶湖的特產鮒壽司造成了負面影響。或許有人覺得鮒壽司很腥，所以不喜歡，但我覺得很好吃。黑鱸導致用來製作鮒壽司的原料似五郎鮒大量減少，讓業者深受其苦。既然有鮒魚被黑鱸吃掉，想必黑鱸在各地的生息地，都有日本原有種遭到危害的情況。

我對這方面的問題並沒有深入研究，但日本國內有很多獨自發展的品種，兩成哺乳類和七成兩棲類都是日本的固有品種，實在令人驚訝。日本是島國當然是重要原因之一，但同樣是島國的英國完全沒有固有品種的哺乳類和兩棲類，可見日本真的是一個擁有豐富動植物的國家。

然而，我們的行為會逐漸破壞這個優點，不，其實已經造成了破壞。如同地球的氣候再也回不去一樣，一旦破壞了生態系，也會無法恢復原狀。

環境廳從二〇〇〇年開始，投入了消滅奄美大島約一萬隻印度小貓鼬的計畫，但幾乎沒有太大的成果。全世界都認為，預防是避免外來種危害生態系的唯一方法，一旦外來種入侵，就很難根絕。這也是一種不可逆的現象。

為了解決這個問題，所以實施了前面所提到的防止特定外來生物危害生態系法，難以理解的是，竟然有人對此表示反對。誰表示反對？就是那些釣魚相關團體的人，他們要求不要把黑鱸列入其中，因為「會讓釣客陷入混亂，也會影響相關業者」。雖然搞不懂會讓釣客陷入怎樣的混亂，但稍微能夠理解對業者產生的影響。一旦黑鱸被列入防止法的對象，就會為釣魚帶來負面觀感，很可能因此對釣魚相關產業造成影響。

我向來不釣魚，我覺得本來就是那些沒有考慮生態系的問題，把外來品種帶進來的釣客犯了錯，即使讓人產生負面觀感也是咎由自取，但同時也發現有另一種觀點。

從那些釣魚相關團體的行為就可以發現，對有些人來說，「比起維持生態系，維持自己的生活更重要」。

以地球規模看問題時，就會發現人類也包含在生態系中，人類這種動物的行為帶來的變化，或許也可以視為一種自然現象。人類因為自己的利益，無視原本的生態系，隨意配置動植物，導致許多品種滅絕，不再有不同地區繁殖種類不同的現象，無論去哪裡，動植物的比例都一樣——如果有很多人認為地球變成這樣也沒有關係，那就只能放棄維持生態這件事。

在不久的將來，青蛙和孔雀魚都會滅絕。我漸漸為這件事感到悲哀，但是，也許不需要再為此嘆息，也許在人類支配這個星球時，就註定會發生目前的狀況，踏上了不可逆的這條路。

（《書的旅人》〇五年三月號）

誰遠離網路世界？

凡事有自信是好事，尤其是有工作的人，最好能夠對自己的工作充滿自信。

但是，即使有自信，也不能失去客觀性，必須有足夠的冷靜，能夠隨時停下腳步思考，瞭解這份自信是有牢固的基礎，還是純粹只是過度的自信。尤其是有人信賴這種工作內容，把一部分或是所有的生活都寄託在上面時，更必須能夠同時從好幾個客觀的角度加以判斷。

日本的技術人員向來很優秀，這應該是客觀的事實，但是，他們所展現的自信，真的有可以稱為完美的根據嗎？還是只是隱約地認為，自己的技術能力很強，他人無法模仿？如果是這樣，那純粹是過度自信。如果有人信賴這種技術而失去了重要的東西，到底該向誰申訴？

市面上出現了五百圓硬幣的偽幣，而且製造得很精巧，乍看之下，根本難辨真偽，就連郵局的自動提款機也無法辨識，讓歹徒成功兌換了零錢。

五百圓硬幣從當初推出之後就頻頻出現偽幣，因為這是全世界唯一的高額硬幣，而且偽造硬幣比偽造紙鈔容易很多。

無論是自動販賣機還是零錢兌換機，用機器判斷硬幣的方法基本上只有兩種，就是包括尺寸在內的形狀和重量，只要使用目前市場上的工作機器，就可以輕鬆模仿形狀。問題在於重量，但只要瞭解材料的成分，就可以解決重量的問題。

這次的五百圓偽幣連金屬成分都和真幣相同，據說造幣局的網站上就有成分和比例的資料，雖然名嘴曾經在某個電視節目中抨擊這件事，但其實只要使用分析器，就可以輕鬆瞭解金屬成分，無論是否公開，都沒有太大的影響。

要製造無法偽造的硬幣幾乎是不可能的任務，製造五百圓硬幣的技術人員應該也不認為他人無法偽造，只是他們並沒有放在心上。因為偽造一枚硬幣的成本將近五百圓或是更多，他們認為不會有人做這種傻事。

但是，現在真的有人造了偽幣，歹徒認為偽造一枚偽幣需要的費用遠遠低於五百圓，所以才決定動手製造，這代表五百圓硬幣的技術價值就只是這種程度而已。

同樣地，製造硬幣辨別裝置的技術人員，是否也過度相信自己的技術？否則就代表他們發現了無法分辨出偽幣的可能性，還讓這種不成熟的裝置出現在市場上，根本是一種犯罪行為。

除此以外，還有其他技術者的過度自信成為犯罪溫床的例子。從去年到今年，匯款詐騙的案例爆增，最近出現了在手機上來電顯示中顯示假號碼的手法。當事件發生時，電信業者信誓旦旦地表示，絕對不可能有這種事，但之後查明，只要使用美國電話公司的回撥服務，就可以在他人手機上顯示自己想要的號碼。這種犯罪手法如下，首先和有回撥服務的公司簽約，設定打電話給他人時，他人手機上顯示的號碼。比方說，設定某個警察局的電話。然後，打電話到回撥服務的公司，鈴聲只響一次就掛斷，於是就會接到回撥服務公司的電話，然後就按下想要詐騙的手機電話號碼，回撥服務公司就會打電話到那個手機，兩者就可以通話，對方手機上顯示的是警察局的電話。即使是對電話詐騙有警覺心的人，也以為真的是警察局打來的電話。之後就簡單了，只要冒充警察演戲就好。

這種情況真的不能怪受騙的人缺乏警覺心，因為之前都相信手機顯示的號碼絕對不會錯。並不是沒來由地這麼相信，而是電信業者既然這麼說，消費者通常都會相信。在發現詐騙的手法之後，電信業者聲稱，如果是同一家電信業者的號碼之間通話，顯示的號碼不會有問題，其他業者的號碼無法保證，萬一接到可疑電話，就要先掛斷，自己再重新撥打電話。說白了，就是坦承了來電顯示的號碼並不可靠。

雖然我剛才抨擊了技術人員過度自信，但企業方面明知道技術的極限，卻向消費者隱瞞的態度也很有問題。比方說，提款卡和信用卡的問題，二十多年前就知道這些卡片可能遭到偽造，但銀行和信用卡公司都沒有積極公布這件事，讓消費者認為只要卡片不遺失就很安全。消費者會這麼認為是理所當然的事，因為銀行和信用卡公司從來都沒有向社會大眾說明過側錄的問題。如果消費者一開始就知道這些卡片很容易偽造，密碼是唯一的保護，應該有很多人都不會申請信用卡和提款卡。

技術人員開發新商品是一件可喜的事，企業方面當然想要強調新製品或是新技術的長處，盡可能想要隱瞞缺點。我完全能夠理解這種心情，但是如果這種缺點會涉及犯罪，隱瞞的行為也是犯罪。

企業方面經常推說沒有想到有人會用於犯罪，但是，目前有越來越多罪犯使用高科技犯罪，在提供新商品或是新技術時，必須徹底思考會不會被用於犯罪。比方說手機的預付卡，不是應該一開始就該預料到會被用來犯罪嗎？

但在現實生活中，應該無法指望企業會這麼做，所以應該還是警察的工作。

前一陣子，我受邀前往警視廳，因為警視廳希望能夠在廳內報刊登一篇採訪我的內容。在採訪中途，被問到我對警察有什麼要求時，我問對方，在出現新的科學技術時，警方是否有能力比罪犯更早預測到他們會如何使用這些新技術犯罪？

對方說，恐怕很難。理由是因為很難掌握新的科學技術所有的一切。

我知道的確很困難，但罪犯密切注意這些新技術，隨時都在思考如何用於犯罪，只要有一個人想到，這些資訊很快就會透過網路傳播出去。

我很想對警方說，別老是跟在高科技罪犯後面打轉了，偶爾也該搶在他們鑽漏洞之前，成功將犯罪防患於未然。

但這應該不太可能，因為警方甚至連有回撥服務這種事都不知道，但犯罪者知道，而且不僅知道，還發現可以用於犯罪。

接下來會有什麼樣的高科技犯罪？也許最無法預測的就是警察，因為他們離科學技術的資訊太遙遠。

（《書的旅人》〇五年四月號）

事到如今……

我為什麼會取這樣的篇名？因為我想聊血型的話題。如果有人要吐嘈：事到如今，不聊這種事也罷，我也無話可說。其實之前有好幾次都想聊這個話題，每次都覺得有點害羞，所以一拖再拖。至於為什麼這次決定寫這個題目，是因為我覺得至今仍然有這麼多人相信根據血型判斷性格，所以打算藉此篇隨筆昭告天下，東野討厭這個話題。

根據讀賣新聞進行的調查發現，回答「相信」血型決定性格的人只佔整體的17%，有47%的人是「成年人作為話題聊一下無妨」，有23%的人認為「不科學，無稽之談」。

看到這個結果時，我忍不住懷疑「啊？真的假的？」相信的人不到五分之一？那平時經常聽到的那些對話是怎麼回事？大家真的只是作為話題聊一下而已嗎？既然只是隨便聊聊而已，為什麼我每次說「怎麼可能從血型瞭解性格？」時，大家都那麼火大？

讀賣新聞的這項調查是在二月舉行，去年秋天，NHK和民營電視台設立的獨立機構「提升節目倫理・節目品質機構（BPO）」，對當時許多節目都討論根據血型判斷性格的問題敲響了警鐘，提出了糾正意見，認為不嚴謹的論調會導致不當的歧視和誤解。

我也知道這些節目，看到一半就覺得「還是老一套」，越來越不爽，所以就轉台了，從來沒有看完。我說的「老一套」，就是為了配合傳統的血型判斷性格的結果，羅列不負責任的統計資料，或是做一些根本稱不上是科學的實驗。

比方說，常見的手法就是把一群小孩子按照不同的血型分組，觀察要求他們做相同的事時，不同組的小孩子分別有什麼不同的行為。我難以理解竟然有人認為這種方法很科學、客觀，而且是由節目的工作人員拍攝的影片。對他們來說，如果無法呈現想要的結果就會很傷腦筋，能夠拍出多公正的影片？

相信有很多人和我有同感，所以BPO才會發出警告。這則新聞引起了一番討論，所以我認為這件事對讀賣新聞的問卷結果產生了影響。也就是說，因為目前的形勢是「如果說相信根據血型判斷性格的結果會遭人側目」，所以在回答時有所節制。

我為什麼會用這種陰謀論的觀點看問卷的結果？是因為這種根據血型判斷性格的論調已經多次衰退，但每隔十年左右就會捲土重來，八〇年代時最熱門，出版了許多相關書籍。當時，許多學者一再強調毫無科學根據，總算平靜下來，沒想到幾年之後，又有雜誌開始討論這個話題，再度死灰復燃。

一九八五年，美國的雜誌《新聞週刊》曾經刊登了一篇報導，諷刺日本的血型熱潮，那篇報導的題目是「日本發現了可以將人的性格類型化的新方法」，介紹了日本人在戀愛，甚至是人事錄用考試中，運用了毫無科學根據的方法。

記得當時曾經看過一篇報導，某家超有名的電機廠商限定只有ＡＢ型的人才能進入研究部門。可能是那家公司有某位高層相信了ＡＢ型的人有獨創性的血型判斷性格結果。可見電機大廠的高層對科學的態度並不嚴謹。

當時很流行將職業運動選手按照血型分類，然後分析哪一個血型的人適合什麼運動項目。

這種統計讓人無法相信的原因，就在於大前提就有問題。調查才能是否和血型有關係當然沒問題，但要如何調查是否有才能？這種統計通常用以下的方式定義。

有相撲的才能＝已經是橫綱或是大關
有棒球打者才能的人＝獲得了打擊王、全壘打王、打點王的頭銜
有棒球投手才能＝獲得了最多勝、防禦率之類的頭銜

根據這個定義，再調查歷代橫綱・大關的血型，然後得出「A型的人適合相撲」之類的結論。

經常看相撲和棒球的人就知道，這種結論多離譜。沒有才能的力士的確無法成為橫綱和大關，沒有才能的棒球選手也很難獲得打擊或是投手的頭銜，但不能因為選手的這些夢想沒有實現，就認定這些選手「沒有才能」。比方說，鈴木一朗前往西雅圖水手隊之前，在日本一直都是打擊王，應該沒有人會懷疑他在棒球方面有才

能，但如果不把當時打擊率第二名的選手也列為「有才能的選手」，這種邏輯似乎有問題。

只根據結果判斷有沒有才能，或是作為判斷是否適合的材料完全沒道理。在職業問題上也一樣，調查畫家或是音樂家的血型之後，不能因為從中發現了某些傾向，就認定「某某血型的人適合成為藝術家」，這種結論沒有任何可信度。每個人選擇職業的理由各不相同，並不是每個人都因為自己適合而從事該職業。

每次血型判斷性格的熱潮掀起，就會出現上面提到的這些結論，而且這種熱潮一次又一次掀起。我認為是因為人際關係複雜的關係，當難以理解對方時，就希望可以找一個簡單的理由來解釋。

這種一再掀起的熱潮漸漸深入我們的潛意識，即使公開表示自己不相信根據血型判斷性格的人，也往往會在無意識中根據血型判斷對方。

文教大的某位教授做了某項實驗，讓學生讀了某篇介紹虛構人物生活的文章，要求學生寫下對那個人物的印象，但回答問卷的答案紙有兩種，分別認定那個人血型是A型和AB型。

在針對三百名認為自己不相信根據血型判斷性格的學生進行調查後發現，雖然大家看了同一篇文章，但選擇「A型」答案紙的學生比選擇「AB型」的學生，對該虛構人物的評價更偏向「冷酷、冷靜、踏實、謹慎」。

由此可以證明，雖然很多人嘴上都說不相信，但還是受到坊間說法的影響。

就連反對論者的情況都是如此，要改變信徒的固定觀念可說是極其困難。比方說，我姊姊就是相信血型判斷性格的信徒，有一天，我和她說：

「妳不是O型嗎？妳老公是AB型，所以只會生下A型或B型的孩子，也就是說，按照那種論調，你們夫妻只會生下個性和你們兩個人都不同的孩子，妳不覺得這種論調很荒謬嗎？」

沒想到她在電話彼端大聲地說：

『原來是這樣！最近我一直很煩惱，都搞不懂他們在想什麼。原來我原本就不可能瞭解！』

我覺得自己好像太多嘴了。

（《書的旅人》〇五年五月號）

兩套規範

發生了一起重大事故。尼崎市的ＪＲ福知山線發生出軌事故。我在寫這篇文章時，死亡人數已經超過一百人，因為還有下落不明的人，所以死亡人數也許還會繼續增加，看到遺體安置在尼崎體育館的景象，不禁想起了十年前的阪神淡路大地震，盯著電視螢幕，看著罹難者名單時，那種擔心看到自己熟人的緊張心情，也和當時完全一樣。但是，不同的是，上次是地震，這次是事故，而且根據事態的發展，似乎可以斷定是重大過失造成的人為災害。

但目前對於事故原因並沒有結論，所以也不便在這裡發表不負責任的意見，我想談一下這起出軌事故不久之前發生的另一起事故。雖然兩者乍看之下沒有關係，但我認為成為兩起事故根源的人為疏失應該相同。

這起事故發生在東京台場的遊樂場，一名男性遊客從遊樂設施墜落死亡。當時媒體曾經大肆報導，相信有不少讀者知道這起事故。

該遊樂設施的賣點是模擬體驗高空彈跳的感覺，也就是會讓遊客嚇得驚聲尖叫的設施。遊客坐在椅子上，戴上護具，繫上安全帶。椅子會上下抖動、左右傾斜，讓遊客體會恐怖的感覺。

死亡的男性遊客不良於行，而且很胖，安全帶繫不起來，工作人員認為只用護具就可以保護他的安全，然後就啟動了遊樂設施，最後，男性遊客從五公尺高的位置滑落死亡。

事後的調查發現，男性遊客不是因為體格的關係而無法繫上安全帶，而是坐的姿勢不正確。因此推測，造成滑落的原因不是因為「太胖導致無法繫上安全帶」，而是和護具之間的縫隙太大，所以才會滑下來。但這並非本質問題，關鍵在於明知道遊客沒有繫上安全帶，為什麼還讓遊樂設施運轉？

經營該遊樂場的公司召開了記者會，從他們談話的內容中浮現出「兩套規範」這個關鍵字。在這個案例中，存在著「總公司用」和「現場用」的兩套規範。

總公司用的安全手冊中規定，對於無法繫安全帶，或是必須使用器具行走的人，必須「限制搭乘」，但在現場，當遊客堅持想要搭乘時，會由現場工作人員確認之後，判斷是否可以搭乘。事實上，之前也曾經多次讓無法繫上安全帶的遊客搭乘，都沒有發生任何問題。

總公司的人當然堅稱不知道現場有另一套安全規範，言下之意，就是「現場的工作人員亂來」。

表面規範和地下規範——這種存在兩套規範的情況在日本並不罕見，以最可怕的方式浮上檯面的，就是東海村的核燃料加工公司發生的臨界事故。

因為是製造核燃料這種危險的物質，所以製造工序有很多標準，每次取用的量、製造步驟、製造所使用的器具、機械都有嚴格的規定，只要遵守規範，就絕對不會發生事故。

但是，現場的工人接連無視規範的內容。首先在溶解鈾粉末時，因為覺得使用正規的容器太麻煩，於是用水桶代替；覺得每次按照規定量添加效率太差，就決定一次攪拌大量鈾溶液。原本用於攪拌的裝置不好用，所以用了其他的裝置替代。所有這些行為，最後造成了後果不堪設想的臨界事故。

為什麼沒有按照安全手冊的指示，遵守原來的規範？機器當然有各種安全裝置，比方說，當生產線中途被東西卡到時，如果打開安全蓋把異物拿走，機器就會停止運轉。但是，對在現場忙得不可開交的工人來說，這種安全裝置很煩人。因為一次一次啟動機器很麻煩，而且停下來期間，作業就會受到影響。於是工人設法不啟動安全裝置，把手伸進正在運轉的機器縫隙，把卡住的東西拿出來。這種危險的行為在重複多次之後變成理所當然，逐漸變成地下規範。

他們也有自己的理由：

「怎麼可能有辦法遵守不瞭解第一線狀況的人建立的規範？反正那種安全手冊是為了應付政府的法規寫出來的，寫這些手冊的人也知道我們不可能遵守。」

在第一線工作，隨時必須追求效率，他們憑實際經驗瞭解，如果按照安全手冊所規定的規範工作，效率就會降低，然後就認定那些規範只是做做樣子，即使稍微不遵守也不會有太大的問題，而且，「我很瞭解第一線狀況」的自尊心，也會導致第一線人員輕視規範。

那些寫正規安全手冊的人又是怎麼想？他們認為自己編寫的安全手冊無可挑

剔，完全符合國家標準，只要交給現場人員，命令他們「就這麼做」，自己就大功告成了。

如果不隨時去第一線確認，現場人員是否遵守這些規範，就稱不上是完美的安全對策，但每次都因為欠缺這個部分導致事故發生。無論臨界事故還是遊樂設施墜落事故，還是尼崎的出軌事故應該都是相同的原因。

為什麼確認體制無法發揮作用？我在這件事上產生了一個疑問，那就是會不會故意不確認？

也就是說，如同現場的工作人員所說，寫那些安全手冊的人知道第一線的工作人員不會遵守這些規範，也知道一旦去現場確認遵守的狀況，就會影響效率，導致利益減少，所以也就懶得確認。

果真如此的話，無論公家單位再怎麼嚴格把關安全標準都不會發揮任何效果。編寫安全手冊的人應該會按照這些標準去編寫，然後交給第一線工作人員，命令他們必須遵守。問題在於第一線的工作人員會乖乖遵守這些命令嗎？

安全基準更嚴格的安全手冊當然會讓現場的工作人員覺得綁手綁腳，所有的作業都會變得麻煩和繁雜，當然會影響效率。

他們一定會很快建立新的地下規範，然後又再次發生事故。公家單位無論制定再嚴格的標準都不會有任何效果，只會讓表面規範和地下規範之間的差距更大。

如何解決這個問題？只有一個方法，就是讓重視安全的態度反映在薪水上。雖然評價的方法很難，但如果不這麼做，就無法減少事故的發生。

如果企業追求的是重視效率，輕視安全，那就根本不可能改善。

（《書的旅人》　〇五年六月號）

四十二年前的記憶

聽到ＨＭＶ，會不會想到什麼？如果完全無法想到什麼，就代表你的人生有點貧乏，或者生活太忙碌了。偶爾聽聽音樂吧。即使不買ＣＤ，也有許多ＣＤ店可以試聽音樂。

沒錯，ＨＭＶ是一家ＣＤ店，是英國ＥＭＩ集團的唱片行，在日本，指的是在一九九〇年設立的ＨＭＶ日本店。

如果有人回答，這種事誰不知道，那我要請問一下，你知道ＨＭＶ是什麼的簡寫嗎？答案是「His Master's Voice」，直譯的話，就是「他主人的聲音」。那麼「他」又是指誰？

我不喜歡賣關子，所以就直接寫答案，答案就是「尼帕（Nipper）」。

我似乎可以聽到有人在問，尼帕是誰？這也是理所當然的事，我問過周遭的人，沒有人知道答案。

各位知道勝利留聲機公司的註冊商標嗎？就是有一隻狗在聽留聲機的那個商標，那隻狗就是尼帕。那個商標的原畫名字就是「His Masters's Voice」，那個留聲機播放的就是牠主人的聲音。

我相信很少有人知道這個故事，但我在四十二年前就知道了。當時我才五歲。我家沒有唱片機，甚至沒有唱片。既然這樣，我為什麼會知道？

我家雖然沒有唱片機，但有電視機。當然是黑白電視，但對我來說，就是一個魔法的盒子。我父母每天忙著做生意，沒時間照顧我，所以我整天都在看電視，尤其喜歡看國外的動畫。

有一天，我像往常一樣坐在電視前，看到了一段影片。那也是動畫，只不過不是節目，但我當時並不知道是什麼。

我根據當時的記憶，寫下那段影片的內容。

首先，螢幕上出現了一條狗和一個男人，他們玩得很開心，但不久之後，那個男人離開了那條狗。我記得是那個男人去打仗了，他開戰鬥機，然後死在戰場上。

那條狗失去了主人，整天鬱鬱寡歡，這時，牠聽到了熟悉的聲音。那是主人的聲音。主人從戰鬥機上透過無線，把自己的聲音記錄在留聲機中。

狗四處尋找主人，卻不見主人的身影，最後牠發現了留聲機。主人的聲音從喇叭中傳來，所以牠以為主人在裡面，就探頭張望。

這就是勝利公司的註冊商標圖案。

雖然我家連一張唱片也沒有，但我對這個商標印象深刻。因為附近的電器行前放了一個模仿那隻狗的巨大擺設，就像不二家門口放的牛奶妹人偶一樣。

原來那個商標是這麼來的。當時才五歲的我恍然大悟。

四十二年來，這個記憶始終沒有改變，不時想起時，很想再看一次那個動畫，但之後從來沒有再看到過。

小學、中學、高中、大學，每次結交新朋友時，我都會和他們聊這件事，因為我相信和我同齡的朋友中，一定有其他人看過這部動畫，但從來沒有同學回答說「我知道」。

踏入社會之後，情況仍然沒有改變。我漸漸對自己失去了自信，懷疑那會不會是自己做夢？

於是，我就不再提起這件事，直到不久之前，和一位編輯喝酒時，又聊起了這個久違的話題。那位編輯三十出頭，四十二年前還沒有出生，當然不可能知道那部動畫。

他的回答當然是「我從來沒聽說過」，因為我原本就預料到了，所以並沒有感到失望。

「但我覺得不像是做夢或是你的幻覺，」他說，「當時你不是才五歲左右嗎？如果是根據夢境編出來的故事，未免太合理了。即使你是天才作家，我覺得也不太可能。」

「我也這麼覺得，但到底是怎麼一回事？」

「我知道了，我有一個朋友在勝利公司，我改天問他一下。」

那天晚上就聊到這裡為止，說實話，我並沒有抱太大的期待。雖然這位編輯並不是信口開河的人，但畢竟是喝酒時聊天的內容，而且我覺得他即使問了在勝利公司的那位朋友，對方應該也只會回答說「不知道」。因為他的朋友應該和他年紀差不多，不可能知道那部動畫。

世事難料。不久之後，接到了那位編輯的聯絡，說找到了應該是我說的那部動畫，那是廣告用的動畫，他在勝利公司的朋友幫他找出來了。

『那是昭和三十八年（一九六三年）的作品，年代也相符合，只是內容和你說的略有不同。』

於是他把錄影帶寄給了我。

我播放了收到的錄影帶，忍不住有點驚訝。因為繪畫和我的印象大不相同，在我的記憶中，當時的畫更精密，但錄影帶中的畫有點潦草。

而且故事內容也不一樣。在廣告中，尼帕的主人一開始就沒有出現，和牠一起玩耍的是前主人的弟弟巴羅德，不知道尼帕是不是無法忘記前主人，所以一臉難過的樣子，巴羅德就把記錄在留聲機中的前主人聲音放給他聽。尼帕高興地聽得出了神，畫家巴羅德看到這一幕，就畫了下來——這就是廣告的內容。

看完錄影帶之後，我忍不住感到納悶。這不是以前看到的。這種想法格外強烈。畫風和記憶不同並不是太大的問題，重要的是，尼帕的前主人幾乎沒有出現，也沒有提到他開戰鬥機的事。

我覺得很奇怪，一次又一次重播了錄影帶，終於恍然大悟。那個廣告有女性的旁白，旁白中說：

『那天之後，尼帕每次聽到戰鬥機中傳來的聲音，就以為是主人，每次都伸長了耳朵。』

戰鬥機？她剛才說戰鬥機——

但其實是我聽錯了，旁白不是說「戰鬥機」，而是說「留聲機」，因為錄音狀態不佳，所以聽起來像發音接近的「戰鬥機」。

這下子終於解開多年之謎了。我在四十二年前，應該也聽成「戰鬥機」，以為留聲機中是主人從戰鬥機上傳來的聲音，所以就理解為主人開戰鬥機死了，也就是死在戰場上。

在這個前提下重新看那個廣告，漸漸和我的記憶一致起來。五歲的我以為巴羅德就是牠的前主人，他在畫畫時，我誤以為是後來去開飛機的前主人。因為畫布的關係，只能看到上半身，我以為他從駕駛座探出頭。他戴著的貝雷帽，也被我誤以為是飛行員戴的帽子。

沒錯，這就是我在四十二年前看過的影片。人的記憶太神奇了，產生錯覺往往有原因，而且即使過了很多年，仍然可以找到產生錯覺的原因。

那是因為你的智能和五歲的時候差不多。我知道有人會這麼吐嘈我，我會當作沒聽到。

我查了資料後發現，巴羅德並不是前主人的弟弟，而是表弟。雖然那部動畫中提到，勝利公司的人看到那幅畫很感動，所以用來作為公司的註冊商標，但其實是巴羅德上門推銷自己的畫。聽起來很沒有夢想，然而這就是現實。

（《書的旅人》〇五年七月號）

讓我們繼續看下去

應該有很多人記得千禧蟲危機的事。千禧蟲危機又稱為二〇〇〇年問題，由於電腦內建的時間是顯示西元的最後兩個數字，所以會把西元二〇〇〇年判斷為一九〇〇年，結果導致所有的系統發生混亂。當年動員了許多已經退休的程式設計師，直到一九九九年的除夕都在改寫程式。就連當時的首相小渕首相也呼籲大家「新年的前三天盡可能避免外出」，所以導致各地遊客銳減，很多行業都受到了影響。

一位在大型電腦廠商任職的朋友當時就預言「不會有什麼太大的狀況」，也完全搞不懂媒體大肆報導的「飛機會墜落」、「醫院的機器會錯亂」之類的推論從何而來。

但是，大家仍然很恐慌，雖然引發這種恐慌的大部分人都是電腦的外行，只不過民眾並不知道這件事，所以人心惶惶。我參加某場能源相關的座談會時，一位後來當上議員的國際政治學家滔滔不絕地談論千禧蟲危機有多嚴重之後，宣佈「新年過後，我打算一個星期不外出，所以事先會準備足夠的食物。」新年剛過，他就打開電腦，試圖尋找他認為必定已經發生的大混亂相關消息，沒想到什麼都沒有發生。電視上播出了這一幕，雖然沒有發生任何狀況是好消息，但他臉上的表情很不悅。我相信二〇〇〇年時，應該有不少人都帶著同樣複雜的心情過新年。

如今，電腦系統的世界又漸漸出現了類似的恐慌。據說這次稱為二〇〇七年問題，但並不是一邁入二〇〇七年，就會發生問題。二〇〇七年只是一個象徵。至於是什麼的象徵，就是某個年齡層的人退休的時期，那個年齡層的人就是所謂的「團塊世代」。

雖然我也搞不清楚細節，總之，我用以下的方式簡單說明二〇〇七年問題。目前各領域所使用的電腦系統中，有許多是建立在數十年前建構的程式基礎上，但瞭解這些基礎程式的人都是以團塊世代為中心的資深工程師，年輕的工程師並不是很瞭解。為什麼會有這種狀況？雖然有很多不同的原因，但用一句話來說，就是「分工合作」造成的。資深工程師覺得「我對這個部分最瞭解，如果傳授給年輕人我就失去了存在價值」，年輕人也覺得「我才不願意幫忙照顧那些老古董程式」。至於公司的高層也沒有警覺心，他們認為只要目前一切沒問題就好。

二〇〇七年，這些資深工程師開始大量退休，瞭解電腦系統基礎的人都漸漸走光了，和千禧蟲問題一樣，並不知道會造成什麼問題，可能會天下大亂，也可能什麼狀況都不會發生，二〇〇七年問題的棘手之處，就在於根本無法預測是什麼狀況。

其實並不是只有電腦系統有這種問題，在各個行業，尤其是製造業，隱藏著相同的危險性。

大部分人都能夠想像在手工藝的世界，如果手藝人的技術無法傳承，會造成怎樣的後果。比方說，新潟縣的與板町是製作鑿子、刨子等刀具的鍛造名城，二十年前有將近四百名鐵匠，如今已經少了一百人，而且目前大部分鐵匠都已經高齡，「越後與板手打刀具」將隨著時間消失。同樣地，還有其他傳統工藝品也漸漸從日本消失。

但是，大部分人都不認為這件事會對自己的生活造成影響，只是簡單地認為，因為現代生活不再需要，所以才會消失。

的確，運用現代科學製造的東西可以取代許多傳統工藝品，但傳統工藝品之所以寶貴，不光是因為具有「傳統」，而是其中凝聚了工匠的智慧和技術。這些寶貴的智慧和技術在所有的領域，甚至在高科技技術完成時，都發揮了作用。

事實上，那些擁有只能用「神技」來形容的高超技術的人，也經常參與科學產品的製造。常用於發電設備的蒸氣渦輪葉片，需要在前端焊上耐熱合金史泰勒合金，並加以研磨。這是微米程度的精密加工，但並不是高科技機器生產出來的，而是由研磨技術人員手工製作。

許多手藝人至今仍然活躍在許多製造業的第一線，可以說，因為有他們的支持，日本才能生產出眾多科學產品。

之前曾經多次嘗試將工匠藉由多年經驗累積的技術和知識數值化，輸入電腦中。一九八〇年代中期，ＡＩ（人工智慧）這個字眼開始流行時，所謂的「專家系統」曾經受到矚目，顧名思義，就是試圖用電腦系統建構工匠的技能。工匠的很多經驗和知識都是憑「直覺」，所以甚至出現了徹底查明這種「直覺」的專家ＫＥ （knowledge-engineer）。

但是，很難說這種嘗試獲得了成功，因為常人往往很難理解工匠的「直覺」，其實就連他們自己也說不清楚。

舉一個我身邊的例子，我父親不單是鐘錶匠，也是配鏡師。他只要看客人的眼睛，幾乎就可以瞭解客人的視力狀況。據說他會根據眼球的形狀、看東西時眼睛的動作等進行判斷，但說到底就是「憑感覺」而已。

現在已經有使用電腦檢測視力的技術，即使沒有豐富的經驗，也可以為客人配適合的眼鏡。父親說「那個也不錯」，因為那種技術的確可以為客人配一副最適合的眼鏡，但是，仍然有許多客人非指定我父親為他們配眼鏡不可，他們說，電腦配的眼鏡看東西很累，而且還看不清楚。

電腦明明配了最適合的眼鏡，為什麼會出現這種狀況？父親說，答案很簡單，就是「心理作用」。

雖然看得很清楚，但覺得自己看不清楚。

但是，在配眼鏡時，這種「心理作用」是無法忽視的要素，父親說「對眼鏡來說，這是很重要的事」，因為關鍵在於「是否能夠讓當事人感到安心，因為視力檢查和日常生活中看東西有微妙的不同」。

父親在為客人配眼鏡時，會仔細確認客人看東西的姿勢和用眼的方式，同時會仔細詢問生活方式，調查客人希望在怎樣的場合看得清楚，什麼場合看不太清楚也沒有太大問題。簡單地說，就是為客人配一副符合他們日常生活習慣的眼鏡，所以即使那副眼鏡無法讓客人看得很清楚，但客人也會覺得看得很清楚。父親認為，客人配眼鏡時，這才是最重要的事。

這種技術和經驗也無法輕易傳授給他人，也無法輸入電腦的程式中。

父親的店在去年歇業了，那些喜歡父親為他們配眼鏡的人，之後恐怕會傷腦筋了，父親的技術無法傳承，真的令人感到遺憾。

當然，父親是因為有我這種兒子，所以才沒辦法把技術傳承下去。

（《書的旅人》〇五年八月號）

誰是書的幕後推手？

這個連載終於寫到最後一次了。原本打算在這個專欄寫科學的題材，但回顧之後，發現根本沒寫什麼科學，甚至還有寫了職棒聯盟重組這種打混的內容，希望各位讀者看在我每次都認真思考後才寫的份上，發揮大人大量。

既然是最後一次，乾脆豁出去，寫一篇和科學完全無關的內容，來談談書。

書是誰做出來的？印刷廠和裝訂廠？不，我不是問這個，而是問誰是書籍問世的幕後推手。

沒錢就沒辦法出書，想要出書，就必須有人付錢。誰付錢？不用說，當然就是去書店買書的人，但書還沒完成，讀者當然不可能付錢。

以下是有關書籍的金流懶人包。

讀者在書店買書↓買書錢透過書店付給出版社↓出版社用扣除成本後的利潤支付版稅給作家↓作家靠版稅生活，然後寫下一本小說↓作家把完成的文稿交給出版社↓出版社印成書後發到書店↓書店賣書↓讀者在書店買書。

這就是書籍帶動的金流，很簡單，無論出版社和作家都靠在書店買書的讀者過日子。

即使一本書在圖書館有好幾百個人閱讀，出版社和作家也拿不到一毛錢。

無論書在像是BOOK-OFF這種二手書店賣得再好，也和出版社、作家沒有任何關係。

每一本書產生的微小利潤支撐著出版業，而且這種累積未必一直都有盈餘，如果銷售量不如預期，當然就會造成赤字，而且只有一小部分小說能夠帶來可以稱為利潤的盈餘。出版社都是做好虧本的心理準備出很多書，即使明知道賣不出去，仍然請作家寫書，支付稿費或是版稅。為什麼？

因為這是對未來的投資。

我認為作家的世界和日本培訓相撲力士的組織相撲部屋有異曲同工之妙。很多人都知道，只有位階在十兩以上的相撲力士才有薪水可領，十兩就是關取，如果成為更高階的幕內力士，薪水就更多，按照三役、大關、橫綱的位階逐漸增加。

但是，相撲部屋內有許多還無法成為十兩的未來力士，他們當然沒有薪水可領，相撲部屋會供他們吃穿住，相關費用基本上由相撲協會提供。

相撲協會提供的這些錢是誰賺的？

雖然位階較低的幕下力士和三段目也會比賽相撲，但大部分觀眾付錢並不是想看他們比賽相撲，觀眾想看的還是十兩以上的力士比賽。

也就是說，正因為橫綱和其他關取努力吸引觀眾觀看相撲比賽，相撲協會才能有收入，才有辦法養活還無法升上十兩的力士。

作家的世界也完全一樣。

我踏入文壇不久時，曾經和編輯之間有過這樣的對話。我在他們出版社剛推出新書，印刷量很低，但只印了一刷就沒有再刷，而且好像賣得也很差。

我對編輯說，不好意思，我的書都賣不出去，他笑著搖了搖手說：

「我們原本就沒期待你能幫我們賺錢，我們有西村京太郎和赤川次郎的書，可以在他們身上賺錢。即使你的書能夠多賣幾本，和他們的利潤相比，根本只是誤差範圍。」

雖然當時我覺得這位編輯說話很傷人，但現在回想起來，他的意見完全正確。事後我試算了一下發現，即使當時我的書全都賣出去，所賺的錢最多只能付一位編輯的薪水。

那時候，的確是赤川次郎先生和西村京太郎先生養活了我，正因為他們的作品能夠為出版社賺錢，出版社才會讓我這種作品賣不出去的作家繼續寫書，期待有朝一日，我也可以成為賺錢的作家。並不是我特別受到期待，而是每家出版社都有很多像我這種作品可能會在未來暢銷的作家，就像相撲部屋有許多沒有薪水的未來高位階力士一樣。出版社投資很多年輕作家，期待未來在這些年輕作家中，出現一、兩個像赤川次郎，或是西村京太郎這種橫綱等級的作家。

二十年的歲月過去，我也終於成為關取。我希望自己的書可以為出版社賺很多錢，然後用這些賺來的錢培養新人作家，一切就圓滿了。

沒想到，這二十年來，出版業界的環境發生了很大的變化，圖書館為了滿足讀者的要求，提供了暢銷作品供讀者借閱，二手書店也可以買到剛上市不久的新書。

我似乎可以聽到有人反駁，這有什麼不好？只要對消費者或是讀者有利，有什麼不好。

身為讀者，能夠免費閱讀喜歡的書，或是用便宜的價格購買，當然會很高興。但是，正如我在一開始所說，無論圖書館的借閱人口再多，二手書店的生意再好，出版業也沒有進帳一毛錢。

我當然也知道，經常去圖書館借書，或是去二手書店買書的人，即使沒有圖書館和二手書店，他們也不會去書店買新書，他們只是因為免費或是便宜，所以才會看。

但是，不要忘記一件事，圖書館提供借閱的書，和二手書店交易的書是由誰付錢出版的？

無論稅金和二手書店的營業額都和書籍出版無關，經常有人說，圖書館是靠

「全民的納稅錢」維持，但光有錢無法成為圖書館，因為如果圖書館沒有書，就只是一棟建築物而已。

書市能夠持續出版新書，是因為有讀者願意走進書店，用正常價格買書，圖書館能夠有書可借，二手書店能夠有書可賣，是因為這些讀者花了錢。

我無意在這裡主張改革圖書制度，也沒有這麼大的篇幅，但我有一句話要說，不要把只去圖書館借書，只去二手書店買書的行為認為是「聰明生活術」，這種想法是對願意用正常價格購買新書，支持出版業的讀者極大的侮辱。

（《書的旅人》〇五年九月號）

國家圖書館出版品預行編目資料

科學？/ 東野圭吾作；王蘊潔譯. -- 初版. -- 臺北市：臺灣角川, 2020.02
面；　公分. --（文學放映所；125）

譯自：さいえんす？
ISBN 978-957-743-525-5（平裝）

861.6　　　　108020610

科學？

原書名＊さいえんす？

作　　者＊東野圭吾
譯　　者＊王蘊潔

2020年2月5日　一版第1刷發行

發 行 人＊岩崎剛人
總 經 理＊楊淑媄
資深總監＊許嘉鴻
總 編 輯＊呂慧君
主　　編＊李維莉
設計主編＊許景舜
印　　務＊李明修（主任）、張加恩（主任）、張凱棋

台灣角川

發 行 所＊台灣角川股份有限公司
地　　址＊105 台北市光復北路11巷44號5樓
電　　話＊(02)2747-2433
傳　　真＊(02)2747-2558
網　　址＊http://www.kadokawa.com.tw
劃撥帳戶＊台灣角川股份有限公司
劃撥帳號＊19487412
法律顧問＊有澤法律事務所
製　　版＊尚騰印刷事業有限公司
I S B N ＊978-957-743-525-5